漫画家の明石先生は
実は妖怪でした。

霜月りつ

SKYHIGH文庫

目次

登場人物
篠《しの》崎《ざき》瑛《えい》太《た》
地方出身の大学生。身長189センチ。真面目すぎて立ち回りが下手だが、邪気がなく、度量が広い。
明《あ》石《かし》妖《よう》介《すけ》
週刊連載を持つ漫画家。実は妖怪。人間社会で暮らしている妖怪は珍しく、よく他の妖怪たちに頼られる。

【イラスト】新井テル子

胡洞《こどう》
新宿・歌舞伎町にある骨董品店「雲外堂《うんがいどう》」の主人。
花邑耀司《はなむらようじ》
篠崎と同じ大学の友人。ライトな性格。
山中
明石の担当編集者。
ゆず
伊予弁《いよ》をしゃべる猫又。なり立てで、尻尾は二本。

第一話

明石先生、アシスタントを雇う

序

丸いちゃぶ台の上で原稿に消しゴムをかけ羽箒《はねぼうき》で払う。すると黒豆に手足が生えたようなのが寄ってきて、そのかすを丸めだす。よいしょよいしょと転がしながらテーブルの端まで行って落とすと、下で待ち受けているのは足が六本に目が四つある蛙《かえる》だ。

蛙はそれを受け取ると、重なった原稿の下に消えた。

「……」

篠崎瑛太《しのざきえいた》はその原稿をそっと持ち上げてみた。だが、そこにはなんの姿もない。いつの間にかちゃぶ台の上の黒豆もいなくなっていた。

「どうしました？」

気配を感じたのか明石《あかし》先生が振り向いた。漫画家という引きこもり職業にしておくには惜しい整った顔に、薄くヒゲが伸びている。たぶんここ数日ヒゲを当たる時間もなかったのだ。肩を越えて伸びた長く薄い色の毛先に墨汁がついている。

「いえ、今黒豆と蛙……？　みたいのが」

　畳の上に座る瑛太は先生を見上げ答える。明石はちょっと考えるふうに目を上に向けたが、

「ああ、消しゴムのかすが好きな連中なんです、気にしないで」と笑った。

「――――はい」

　気にしないでと言われてもな、と瑛太は周りを見回した。

　テレビの上にかけられている布はときおりビクンビクンと動くし、尻に敷いている座布団は「はあ……」と深いため息をつく。さっきトイレに行ったら顔のでかい禿《は》げ頭のおっさんが考える人のポーズで頑張っていた。「どいてくれ」と言うと露骨に心外な顔をされたが、消えてくれた。

　すうっと目の前を金魚が泳いでゆく。いや、金魚には普通腕は生えていないだろう。というか、空中は飛ばない。

「漫画家の現場は特殊だから」

　最初に編集さんがそう言っていたけれど、これって特殊の一言で片づけられるレベルじゃないぞ。まあ実害がないから我慢しているが。

「それにしても」

　明石先生は切れ長の目の隅で薄く笑う。

「君は本当に動じない人なんだね」

動じていいのか？　いや、きっと動じたとたんに自分の精神が破壊される。すべて金のかかったＳＦＸ、もしくは裸眼のバーチャルリアリティだと思っているから耐えられる。

「仕事、ですから」

漫画家明石先生の破格のアシスタント代、日給五万円。今の瑛太にはこの金額を唱えることだけが、正気を保つ術《すべ》だった。

一

三日前、瑛太はファミレスのバイトをくびになった。

その日は一〇月の最後の日で、店内をハロウィーンの扮装をした子供たちが走り回っていた。トレイを持ったスタッフがぶつかりそうになってバレリーナのように回転する。親たちは六人掛けの席を三人で使用し、おしゃべりに夢中になっていた。

「まったくまいっちまうなあ、ああいうバカ親は」

厨房からの料理を待っていた先輩スタッフが苛立たしげに呟《つぶや》く。

「注意していただけるように言ってきましょうか？」

瑛太は拭いたカップを重ねながら言った。

「そうしてもらえるか？　だけど穏便にな、丁寧に頼むんだぞ」

「わかりました」

瑛太は六人席に向かうと、三人の主婦に頭をさげた。

「お客様、大変申し訳ございませんが、お子さまが走り回られると危険です。席につくように言っていただけませんか？」

「あらぁ、ごめんなさい」

主婦はおおげさに頭をのけぞらせた。

「ルネちゃぁん、お店の人に叱られるからお席につきなさぁい」

答えは「きゃーっ」という歓声で返る。

「〝お店の人〟ではなく、ご家族が注意されるのが正しいのでは？」

「子供のすることなんだから大目に見てよ」

別の主婦が口調をきつくして言う。「そうよそうよ」と他の二人も賛同した。

「わかりました」

瑛太はテーブルを離れると、ドリンクバーの前を何度もダッシュしている子供を捕まえた。体をぐるっとこちらに向けさせ、顔を近づけて言う。

「ここはお客様のおうちではありません。きちんとお席についてください」

瑛太は睨《にら》んでいるつもりはなかったが、元来怖い、と言われる顔をしている。子供は怯えて泣きだした。

「ちょっと！」

主婦があわてて駆け寄ってくる。

「大目に見て、って言ったでしょ！」

「お客様、〝大目に見る〟という言葉は〝過失や悪いところを厳しく咎《とが》め立てず寛大に扱う〟という意味で、注意しないという意味ではありません」

「なに言ってんのよ！　ちょっと店長！　店長――――！」

「篠崎ちゃん、またバイトをくびになったって？」

友人の花邑耀司《はなむらようじ》が声をかけてきた。毎度のことながら情報が早いやつだ、と瑛太は無愛想にうなずく。

花邑に誘われて、瑛太は学食に移動した。ちょうど昼飯時で食堂は混んでいたが、なんとか席を確保できた。金のない瑛太が食べるのは素うどんだが、関西風のだしがしっかりと効いていてうまい。それにいなり寿司を二個つけた。花邑は一一月のおすすめという、かぼちゃと鶏肉そぼろ丼。

「後期に入ってからもう四つ目のバイトだろ?」

花邑はテーブルの上に課題の製図を放り出した。

「なんでだろうなあ、おまえ真面目《まじめ》なのに」

「……」

瑛太は答えずうどんをすすった。それは自分が聞きたい、と思う。

真面目とよく言われるが、真面目というのはどういうことだろう。自分が正しいと思っていることがその店のルールにあわない。もしかしたら自分では常識だと思っていることは間違っているのだろうか。

今回のファミレスのこともそうだが、その前は、コンビニでレジを通す前に商品の包装を破られてしまったので注意した。それでぶちきれた客が棚の商品を叩き落としたので、はがいじめにした。これは間違いなのか。

道路工事現場で煙草《たばこ》をポイ捨てした通行人に吸殻を拾って返した。これはやってはいけないことだったのか。

ドーナツ屋で深夜に他のスタッフたちが裸で商品ケースに入って写真を撮ろうとしたから思わず殴ってしまった。これは――やりすぎだったかもしれない。

「篠崎ちゃんはガタイがいいし、顔も無表情で怖いからなー、相手には喧嘩を売ってると思われるんだろうな」

花邑はわけ知り顔でぽんぽんと瑛太の肩を叩いた。

「まあ、そう気ぃ落とすな。またなんかバイト紹介してやるからさ。できれば接客業じゃない方がいいよな」

「悪いな、塚本《つかもと》先生の『建築本論』を買ったら家賃も危なくてな」

「あ、買ったのか。読んだら俺にも見せて。代わりに野田《のだ》さんの『リノベーションマジック』貸すから」

「ああ、ところでそれ、」

瑛太は箸《はし》で花邑の製図を指した。

「北側の柱のサイズ間違えてる。そのまま提出すると怒られるぞ」

「マジかよ！」

花邑はシャツのポケットにいれていた眼鏡《めがね》を取り出して製図を見た。

「あれえ、おっかしいなあ……」

「カツ丼で直してやるぞ」

「うっわ、嬉しい！　わかったよ、待ってな」

花邑は立ち上がるとカツ丼のチケットを買いに行った。瑛太はうどんを食べ終わり、製図を引き寄せて修正箇所を確認する。

「篠崎くん」

背後から声をかけられ、振り向くと、選択している近代建築学ゼミの本橋《もとはし》准教授の大きな体があった。

「となり、いいかな」

本橋はカツカレー特盛りを載せたトレイを瑛太の横に置く。瑛太は製図を丸め、少し体をずらした。

「どうぞ」

「ありがとう、実はちょっと頼みたいことがあってね」

准教授は秋も終わりだというのに額に汗をかいている。縦と横がほぼ同じサイズの体形なら、歩くだけで一仕事なのかもしれない。

「僕の友達に出版社で漫画雑誌を作ってる男がいるんだけど、その彼が漫画家のアシスタントを探しててね」

「はい」

ハンカチで額の汗を拭くと、それをシャツの襟の中に押し込む。カレー予防なのだろう。

「未経験でも技術がなくてもいいから、とにかく肝が据わってて我慢強い性格の人間をと言うんだ。で、君、どうかなって思って」

「それならぴったりですよ！」

カツ丼を載せたトレイを持って、花邑が戻ってきていた。

「篠崎はとにかく肝がスワッてますから。どのくらいスワッてるかというと、立てばシャクヤクってほどですから」

「花邑、それまったく使い方違うから」

瑛太が眉をひそめて言うと、花邑はトレイをテーブルに置いて、

「そんなんいいじゃん、どうでも。それで時給はおいくらくらいで」

と、准教授を見やった。本橋は丸っこい掌を広げて、

「交通費もついて、日給で五万出すって――」

「やります」

瑛太は本橋のふくふくとした手を握りしめた。ぎゅうっと力をこめたせいか、准教授は顔を引きつらせる。

「即答だな！」

花邑が笑うが瑛太は真剣な表情で准教授に顔を寄せた。

「いつからでもできます、どこへでも行きます」

「そ、そう言ってくれて嬉しいよ」

本橋は瑛太の顔から逃れるようにのけぞった。

「で、アシスタントってなにをすればいいんですか？」

「詳しくは友人に聞いてくれ」

本橋はポケットから出したスマホで電話をかけた。すぐに相手につながり、その会話で瑛太は神保町《じんぼうちょう》にある出版社に行く流れとなった。

「えー、じゃあ篠崎ちゃーん、俺の製図はぁ？」

花邑が情けない顔でカツ丼と広げた製図を見る。

「会うのは夕方だから時間はあるさ。食ったらやる、任せろ」

瑛太は宣言すると猛烈な勢いでカツ丼をかきこみ始めた。

「いやぁ、君、大きいね。身長どのくらいあるの？」

神保町にある出版社へ出向き、少年ホップ編集部の山中《やまなか》さんを、と受付に伝えると、すぐにつるはしのように痩せた男性がエレベーターで降りてきた。

その第一声がそれだ。

「先月測ったときには一八九センチでした」

「なんかスポーツとかやってんの？」

「高校まで柔道をやってました」

「へえ！　すごいね、強かったの？」

「いえ、県大会レベルです」

　そんな会話をしながら、山中はロビーにあるテーブルに瑛太を促した。

「本橋さんから紹介してもらったんだけど、建築学科なんだってね」

「はい」

「漫画はよく読む方？」

「中学生までは自分で雑誌も買ってましたが、今はあまり読んでいません」

　学食やゼミの教室に置いてあるのをパラパラ見る程度だ。コミックスも中学生のとき、柔道を扱ったシリーズを買って以来、手を出していない。

「漫画は描いたことある？」

「いいえ。でも建物なら描けます」

　山中はパンと手を叩いた。

「そうか、じゃあ背景とかお願いするかもしれないけど、明石先生は基本一人で描いちゃうから、まあベタとトーンが中心になると思うよ」

「明石先生……」

　聞いたことがない。昔からいる人、というわけではなさそうだ。

「今までアシスタント使ってなかったっていうのもスゴイんだけど、さすがに連載を持ったらね、一人じゃ限界があるから」

「すいません。自分はその明石先生という人を知らないのですが」

「明石妖介《あかしようすけ》先生。うちの雑誌の増刊で、今までシリーズもの描いてたの。あ、これコミックスね」

山中は持っていた紙袋の中から五冊の単行本を取り出した。表紙を見ると少年が主人公の熱血系の絵に見える。カラーの着彩がきれいだった。

「本誌で連載することになって、先生はアシなんて必要ないって言ってたんだけど、一話目を描いたあと、さすがにやっぱり人手が欲しいってね」

「はあ」

「それで何人か紹介したんだけど……アシスタントさんが居つかなくて」

山中の言葉に、瑛太はコミックスから目をあげた。

「居つかない……それは厳しい現場ということですか」

「いや、まあ……厳しいといえば厳しいんだけど」

バリバリと頭をかきながら山中は言葉を探すように間を置いた。

「――明石先生自体はそんな厳しい人じゃないよ、ちょっと変わっているけどのんびりした人で、ちょっと変わっているけど暴力とか振るう人じゃないし」

ちょっと変わっている、と二回言った。

「その、なんていうか、仕事場がね。あれは――事故物件とでも言うのかなあ、僕も一度見たんだけど、あそこね、……出るんだよ」

山中は声をひそめた。瑛太は聞き取るために顔を近づける。

「なんですか？」

「あとで恨まれても困るから言うけど、幽霊っていうかお化けっていうか」

「……」

瑛太は背筋を起こして山中を見下ろす。編集はそんな彼の視線に唇をとがらせた。

「あ、信じてないね。ほんとに出るんだよ」

「そうですか」

「そうですかって、幽霊だよ！　お化けだよ！」

「自分、そういうの信じない方なんで」

「でもほんっとに出るの、だから人が居つかないの！」

山中はむきになったようで、両の手で拳《こぶし》を作って振り上げる。

「はあ……」

しかし、瑛太の気のない口調に振り上げた手を膝に下ろし、ため息をついた。

「……まあ、漫画家の現場なんて特殊なもんなんだけど、明石先生のところはその中でもトップクラスだと思うよ。よくあんなところに住んでいるなって感心する。先生もそうとう変わっているけど」

三回目だ。しかも、「ちょっと」から「そうとう」にレベルアップした。

「明石先生はどんなふうに変わってらっしゃるんですか？」

「それはまあ……一言では言えないかなあ。まあ、仕事をしていればそのうちわかるよ。今から先生の仕事場に行こう」

山中は携帯で明石という漫画家に連絡をいれた。かなり長い着信音のあと、相手が出たようだ。

「あ、お世話になっております、少年ホップの山中です。どうですか？　進捗は……はい、はい。ああ、それでね、新しいアシスタントさんをこれから連れて……は？　いや、今度は大丈夫だよ。……いや、そう言わず。一人では無理だよ、絶対。背景描ける子だし……そんなこと言って間に合わなかったらどーすんの……ね？　大丈夫大丈夫。逃げやしないって、なんなら縛りつけても……ははは、ね？　じゃあ今から行くよ」

最後なんか不穏な台詞《せりふ》があったな、と瑛太は眉をひそめる。山中は携帯をパチンと折ると振り向いて──瑛太の表情に気づいた。

「あ、今の冗談だから。身の危険を感じたら逃げていいから。でもできるだけ頑張って。幽霊とか信じないんだよね？」

「信じません」

「うん、今は君のその言葉が頼もしいよ。じゃあ行きましょうか」

二

明石先生の仕事場は足立区《あだち》にあった。ＪＲと東武《とうぶ》線、地下鉄千代田《ちよだ》線が乗り入れる賑やかな北千住《きたせんじゅ》が最寄り駅だ。

駅ビルもおしゃれだし、周辺にはファッションビルや商業施設が並び、人出も多く賑わっている。ハロウィーンが終わったばかりなのに、もうクリスマスの装飾もあった。駅から続くアーケードには柊《ひいらぎ》と金色のモールが飾られている。

「今日はタクシーで行くけど、バスもけっこう出ているから、通うときはそれでお願いね。交通費は別に出るから、毎回請求して」

山中はタクシーの中でそう言った。

北千住駅前の喧騒を過ぎると大きな道路に出る。旧日光《きゅうにっこう》街道だと山中が教えてくれた。少し先には荒川《あらかわ》が流れている。日光街道までは雑居ビルも店舗も多く、賑わいを感じさせるが、そこを過ぎるとやや寂れた雰囲気だ。昔ながらの金物屋があったり、リサイクルショップ、古そうな畳屋があったりする。

住宅地になるのか高い建物がなく、空が広く見える。家と家の隙間《すきま》からスカイツリーが見えた。ちょうど太陽が落ちる頃で、夕焼け雲がいっぱいに広がっている中、金色に輝いている。

タクシーは一〇分ほど走って停まった。青居町《あおい》という表示が見える。

「このアパートだよ」

木造二階建て外階段。壁には枯れた蔦《つた》の蔓《つる》が這い、外階段は錆《さび》で真っ赤になっている。

アパートの前は駐車場スペースとなっているのか砂利がまかれ、塀のかたわらにだけ草が生えている。その草むらの中に朽ちかけた小さな祠《ほこら》があった。なにを祀《まつ》ってあるのかは、扉が閉まっていてわからない。

建物は夕暮れに真っ赤に染まった空の中に黒々とうずくまり、ホラー映画のオープニングのような雰囲気を漂わせていた。

ひゅうっと冷たい風が瑛太の短く刈ったうなじを撫《な》でた。どこで咲いているのか、季節外れの金木犀の香りが混じっている。

「うう、今年は寒くなるのが早いね」

山中は肩をすくめて階段をあがった。瑛太はそのあとをついていったが、ふと、気になって振り向いた。背後になにか……いたような気がしたのだ。

しかしなにもいない。砂利の上を空き缶が悲しげな音をたてて転がっていくだけだ。

瑛太は首を振ると、山中のあとを追った。

「明石先生、ホップの山中です」

山中の叩いているドアはアルミだな、と瑛太は音で判断する。

「明石先生はここと隣の二部屋借りているんだ。こっちが仕事部屋で向こうが私室ね。私室の方には出入りしなくていいよ」

明石が出てくるまでの間に山中がそう説明する。やがてノブがゆっくりと回り、ドアが向こうから押し開けられた。

「ああ、山中さん。こんにちは」

現れた男を見て、瑛太は一瞬老人かと思った。だが、それは彼の髪の色が薄く白っぽいせいだ。まるで河原になびくすすきの穂のような色で、ふんわりと柔らかく、そして肩を越えて背中の中程まで伸びていた。

たぶんまだ三〇前、眠そうな目をしているが顔だちは整っている。目の下のクマと不精ヒゲがなければファッション誌に載りそうな美形だ。黒いタートルネックのセーターの上に、白茶の紬《つむぎ》の着物をまとっている。藍色の兵児帯《へこおび》がだらりと前に垂れ下がっていた。

「明石先生、こちらがアシスタントの篠崎くんです。篠崎くん、こちらが明石妖介先生」

「篠崎です、よろしくお願いします」

瑛太は頭をさげた。明石はとろんとした目で瑛太を見ると、「……………ああ、君はいい人間みたいですね」と呟いた。

「え？」

「入ってください」

明石は体を引いて部屋へと促したが、山中はバタバタと両手を振って、焦った様子であとずさった。

「いや、僕はこれで。今日は篠崎くんを案内してきただけだから」

編集は笑顔を引きつらせながら、瑛太の手を握った。

「篠崎くん、頼むね。原稿があがるかどうかは君の働きしだいだからね！」

「はあ」

「〆切は明日のお昼だから。よろしくね」

山中はそう言うと、身を翻して鉄階段を駆け下りて行った。一度も後ろを振り向かない。一秒でも早くこの場から逃げ去りたいとその背中が言っていた。

「どうかしましたか、どうぞ」

重ねて言われて瑛太は「失礼します」と玄関に一歩足を踏み入れ、

「……」

固まった。

お化けや幽霊ではない、それよりも瑛太が苦手なものが目の前に広がっている。

「ちょっと散らかってるけど、気にしないでね。そのちゃぶ台使ってください」

ちょっと……？

足の踏み場もないこの部屋のありさまをちょっと、だと？

墨のついたティッシュがゴミ箱からあふれ畳中に散らばり、カップ麺やスナック菓子の袋や弁当のカラ箱が放り出され、空き缶、ペットボトルが無造作に転がり、隅の方には衣服や布団が乱雑に積まれている。おまけに雑誌やコミックスが広げられたまま伏せられて。

「……すみませんが、」

瑛太は低い声で言った。

「え？　まさかもう辞めるって言うんじゃ……」

明石がおろおろした様子で振り向いた。それに瑛太は首を振った。

「違います、仕事に入る前に少し片づけさせてもらってもいいですか？」

「片づけ？」

「はい、部屋の中がきれいに整頓されていた方が効率があがるかと」

「え？　そう、かな。別に不都合はないですけど」

「俺にはあります」と言いたいのをこらえて、瑛太は無言でティッシュを拾い始めた。

「……それじゃあまあ、君が仕事をしやすいようにしてください」

明石は瑛太の顔つきにちょっとビクついた様子で自分の作業をしている椅子に座った。

ゴミ箱はすぐにいっぱいになってしまったが、弁当を買ったときのビニール袋が大量にあったので、それに弁当ガラやドリンクの容器をいれる。足立区の分別方法はわからないが、とりあえず紙とプラスチックとペットボトルと缶を分ければいいだろう。

衣服や布団をたたみ、キッチンの流しにたまっている食器やペットボトルを洗う。コミックスと雑誌は念のため、開かれていた場所に紙をはさんでから閉じて重ねた。

畳に散らばっているものを拾い集めただけで少しきれいに見えたが、あとには綿ぼこりやトーンの切れ端、そしてなにかざらざらするものが落ちている。

「掃除機をお借りしていいですか」

背中を向けて仕事をしている明石に言うと、「これでいい？」とハンドクリーナーを渡された。胴体が透明なそれを見ると、中身が紙くずや消しゴムのかすでいっぱいだ。

瑛太はクリーナーの中身を捨てると、それで畳の上を吸い込み始めた。

畳に手をついてゴミを見落とさないようにクリーナーを動かしていると、畳のへりの上になにか変なものがいた。

銀杏《ぎんなん》のような小さく黄色い頭と、白い貫頭衣を身に着けた痩せた体。それがへりの上をとととと、と走ってゆく。瑛太は思わずそれにクリーナーを向けた。と、あっという間に吸い込まれてしまう。

「……………」

瑛太はクリーナーの中のゴミをビニール袋に入れた。だが、今吸い込んだ黄色い頭のものはいない。

(今のはなんだ?)

幻覚を見るほどまだ疲れてはいないはずだ。

——あそこね、……出るんだよ——

山中の言葉がよみがえる。

まさか……?

瑛太は首を振り、畳のゴミを吸い込む作業に戻った。ゆっくりと吸い込み口を動かしながら後ろに下がる。ちゃぶ台にぶつかりその下を吸い込もうと振り向くと、なにかいた。大きな黒い影のようなもの。いや、「のようなもの」ではなく、実体のある影というか、厚みのある暗がりというか。

瑛太はとっさにそれにクリーナーを押し付けた。そのとたん、それが分裂し、小さな黒い泡のようになって散らばる。

「あっ」

驚いたがそれよりもせっかく片づけたのに、という気持ちが勝った。瑛太はクリーナーで散らばった泡を吸い込んだ。あっという間にクリーナーの中が真っ黒になる。

細かくなったそれはクリーナーの中でひとつになると、中から出ようとするようにうごめきだした。瑛太はそれを持ってキッチンに行き、流しの中に出して水をかけてみる。水流に押されてそれはまた分裂し、「きー」と小さな声を上げて排水口に流されていった。

（詰まるかもしれない）

瑛太はぼんやりと排水口を見つめて思った。

「わあ、すごいですね！」

背後で大きな声がしたので振り向くと、明石が椅子を回してこちらを向いていた。

「畳が見えるよー、ずいぶんときれいにしてくれたんですね」

「いや、まだ……」

本当なら固く絞った雑巾で拭き取りたいところだ。

「充分ですよ。やっぱりきれいになると気持ちがいいですねえ」

明石は立ち上がりキッチンに来た。

「せっかくすっきりしたんだからコーヒーでもいれましょう。あ、大丈夫。コーヒーだけはちゃんときれいな場所にあるから」

そういうと作り付けの棚を開けてコーヒー用のサーバーとドリッパー、それにペーパーフィルターと銀色の袋に入ったコーヒーの粉を取り出した。

「カップがなくて今まであまり飲めなくてねえ」

洗えばいいんじゃないかな。

瑛太はそう思ったが黙っていた。今まで何度もバイトをくびになったのは、考えなしに行動していたからだ。俺だって余計な口をはさまず我慢するくらいオトナになれるぞ。

「ええっと……」

明石はきょろきょろしてキッチンの中を探している。やかんかな、と思ったが彼が取り上げたのは片手鍋だ。

「いや、前はやかんもあったんですけど、いつの間にか見えなくなっちゃってね」

言い訳しながら鍋に水をいれ、火にかける。

「近所のおいしいコーヒー屋さんの豆なんです。僕がいれると苦いばっかりでたいしておいしくないいんだけど……ちゃんとペーパーフィルター用に挽《ひ》いてもらってるんですけどね」

明石はガラスのサーバーにプラスチックのドリッパーを載せ、フィルターを置いた。そして袋を取ると……。

「えっ⁉」

思わず声が出てしまった。明石は袋に入ったコーヒーの粉をそのままどさどさと山盛りいれたのだ。

「せ、先生。それは多すぎやしませんか？」

「え？　そうなの？」

「あの、いいですか」

瑛太は明石から袋を奪うようにして取ると、フィルターの中の粉をほとんど戻した。

「そんな少しでいいの？」

「たぶん、このくらいで」

明石は「ふうん」と言いながら鍋の火を消す。瑛太は眉を寄せ、

「先生、お湯はもっと熱くした方がいいですよ」と言った。

「え、でも、熱くすると泡がぶくぶく言って怖いじゃないですか」

「……」

確かにちょっと変わっているとは言われたが、それはこういうことか？

「先生、コーヒーは俺がいれます。アシスタントの仕事ですから」

「そうですか。じゃあ僕は仕事してるから……」

瑛太は鍋でお湯を沸騰させ、少し待ってからゆっくりとドリッパーに注いだ。

コーヒーをおいしくいれるにはお湯の温度も大事だが、注ぎ方で一番変わる、と前にバイトしていた喫茶店で教えてもらったことがある。本来は細い口のケトルで注ぐのが一番だ。鍋でいれたと聞いたら喫茶店のマスターは憤死するかもしれない。

大きさの違うマグカップが二つあったので、それにいれる。机に向かってペンをいれている明石の元へ、そのカップを持って行った。

「コーヒーが入りました」

言いながら明石の手元を見ると、墨で描かれた力強い線があった。少年がこちらに向かって駆けてくるシーンで、イキイキした表情と躍動感あふれたポーズ、そして勢いに押されてそよぐ草むらの生きているような動線に、瑛太は一瞬で魅了された。

「……うまい！」

明石のびっくりしたような声があがった。

「うまい、おいしいです！　今まで僕が何度いれてもあの喫茶店の味にならなかったのに！　なんで？　君、あれなの？　ハリポタとかバッファローとかいう人なんですか？」

「……バリスタ、ですか」

「そう、それ！」

「いや、」

あんたのいれ方が間違っていただけだ、と胸の中でつっこむ。

「嬉しいなあ、これで喫茶店行かなくてもおいしいコーヒーが飲めるようになるんだ」

明石が本当に嬉しそうなので、瑛太も少し嬉しくなった。今まで自分がいれたコーヒーをこんなふうに褒めてくれた人はいない。

「いつでもいれますからほしいときは言ってください」

瑛太はそう言うと自分のカップを持ってちゃぶ台に座った。そこで思い出す。

「そういえば先生」

「はい、なんですか」

明石はもう原稿に向かっていて、背中で返事をする。

「さっき変なものがいたんですけど」

「変なもの？」

「なんか、着物を着た銀杏と、黒い固まりなんですが」

「ああ……」

明石のすすき色の髪が揺れる。

「気にしないでください。あれはたいした悪戯《いたずら》はしない。そこにいるだけです」

知ってるのか！

「なんなんですか、あれは」

明石は左手をあげ、たもとをゆらゆらさせた。

「このへんにいる雑鬼《ざつき》ですよ。ダニやノミと同じようなもので、どこにでもいます。ただ、この部屋では目に見えるようになってしまうんで、苦手な人はいやみたいですね」

そんな、まるでゴキブリやクモのように言われても。

「どこにでもいるって……」

「はい、人の住んでいるところにはね。普段は見えないからみんな気にしないけど」

「じゃあなんでここでは見えるんですか、それってここが、」

ヤバイ物件だから？

「さあ、ね」

明石は答えを濁した。キイ、と椅子の背を倒し、こちらを向く。

「やっぱり君も怖いって思う？　気味が悪いって」

それはそうだ。そもそもそんな超常現象は信じないというスタンスをとっている。だが見えているものは存在している。自分の常識が、世間のことわりが通用しないというのは、恐怖だ。

しかし。

「……いえ、大丈夫です」

なにより怖いのは貧乏だ。この職場は日給がいい。たとえ自分の常識にふたをしたとしても、困るのは自分だけだ。

「そうですか、助かります。コーヒーだけじゃなく、ベタも頼みたいからね」

そう言って明石は原稿を寄越した。

「×印になっているところを墨で塗りつぶしてください。あ、塗るのはこの筆ペン使って」

「はい」

もらったのはさっきの迫力ある絵の頁《ページ》だ。この原稿に自分が墨をいれるのかと思うと、さすがに瑛太は緊張した。

まず大きめのところから埋めていく。そしてきわを丁寧に縁取りした。息を止めるようにして細い部分を少しずつ塗ってゆく。

その力の入る指先にふうーっ、ふうーっと生暖かい風を感じた。瑛太が視線をずらすと、ちゃぶ台の縁に緑色の平たい魚のような顔があった。それが息を吹きかけているのだ。

「うわあっ！」

とっさに瑛太はその顔に拳を叩き込んだ。

顔はばふんっと粉になって弾ける。

「どうしました、篠崎くん！」

明石が振りかえる。瑛太は自分の拳が緑色に染まったのを見た。

「いま、魚みたいなでかい顔が」

さすがに肩で息をする瑛太に、明石が申し訳なさそうに言う。

「手を洗ってくるといいですよ。その緑色、落ちなくなるから」

瑛太は無言で立ち上がると、キッチンに向かった。

「ほんとごめんなさい、面倒な仕事場で」

面倒という言葉で片づけるか？

手を洗ったあと、甲を鼻先に持っていって匂いを嗅《か》いでみた。別に変な匂いは感じない。

瑛太はちゃぶ台に戻り、敷いてある座布団の上に座った。とたんに座布団が「ああ……」と声を上げる。

「……」

瑛太は尻の下から座布団を引き出した。座布団はぎょろりと目をむき、しかし、すぐにその目は消えた。

「日給五万円……日給五万円……日給五万円……」

瑛太は口の中で念仏のように唱え始めた。正気を保て、篠崎瑛太。今週末には家賃も払わなきゃいけないんだ！


一夜明けた翌日の昼頃、原稿は出来上がった。

明石が椅子の上で伸びをしているのを見て、瑛太も大きく腕を伸ばした。首や肩に鉄板が張りついているような気がする。

「ありがとう。君のおかげでなんとか原稿が間に合いました」

明石が椅子を回して立ち上がった。今、気づいたが、明石は着物の下に股引《ももひ》きと靴下を履いている。寒さに弱いのかもしれない。

「僕はこれから編集部に原稿を届けるので駅まで行きますが、一緒に行きませんか？　昼飯代くらい出しますよ」

「ありがとうございます」

徹夜は久しぶりだ。課題を提出するために何度か経験はあるが、漫画家のアシスタントというのはそれよりも体力や精神力を消耗する。いや精神力は主に部屋にでてきた「なにか」のせいだろう。

窓からの明るい日差しが射し込む部屋にはなにかの影はまったくなく、夢だったのかと疑ってしまう。

「ちょっと待って。歯だけ磨いてしまうから」

明石はそう言うとキッチンに立った。そういえば流しの水切りの中に歯磨きチューブが入っていたな、と瑛太は思い出す。なんとなくその後ろ姿を見ていると、明石がいきなりチューブを口にくわえた。

（は？）

そのままぎゅっと握って歯磨き粉を口にいれる。呆然《ぼうぜん》と見ていたら次に水を含んでがらうがいをし、ぺっと吐き出した。

（いやいやいや）

これって歯磨きか？　それとも、漫画界で流行っているやり方なのだろうか？

明石はそのあと顔を洗ったが、タオルなどで拭かずにぶるぶると顔を振っただけだ。ぽたぽたと雫《しずく》の垂れている顔で瑛太を見てにっと笑う。

そのとき瑛太は明石の顔からヒゲとクマが消えていることに気づいた。ヒゲを当たっていた姿は見ていなかったと思うが気のせいだったろうか？

明石は着物をばさりと脱ぐと、セーターの上に丈の長いシャツを羽織った。それがどう見ても田舎の商店街にある洋品店の売れ残りのような柄だったので、二度見してしまう。股引きの上に穿《は》くのはウエストがゴムになっているワイドパンツで、瑛太が見ていることに気づいた明石は「かっこいいでしょう、これ、藤本《ふじもと》洋品店の奥さんのおすすめなんです」と自慢げに言った。

その上から年季の入った黒いマントを羽織る。肩からもう一枚小さなマントがさがる二《に》重回《じゅうまわ》しと呼ばれるもので、アンティークなスタイルが妙に似合っていた。すすき色の頭に千鳥格子のハンチングをかぶり、レインシューズを履いた。

明石と一緒に階段を下りる。振り返って見たアパートは昼間の光の中ではなんの変哲もない建物で、昨日感じた不気味さや不穏さはまったくない。

砂利も雑草も陽の光をぴかぴかと跳ね返している。

「先生」

「なんですか？」

「あの祠は、なにを祀ってあるんですか？」

草むらの中にある小さな朽ちた祠。昨日はわからなかったが、扉には板が打ちつけてある。

「ああ、あれは土地神さまですよ。でも今はいらっしゃいません」

「いない？」

「ええ、何年か前にふらっと出て行ったきり戻ってこないんです。だから昨日見たような雑鬼がよけいにはびこることになって」

「まるで見ていたみたいな言い方するんですね」

「え？　ああ、いや、まさか、ねえ」

明石はあははと乾いた笑い声をあげた。雑鬼と一緒で、もしかしたら土地神も目視できるのだろうか？

駅まではバスで一五分くらい。ガタガタと心地よい振動で、瑛太はいつの間にか眠ってしまった。

「……篠崎くん、もうじき終点ですよ」

揺り動かされて目を覚ます。白くふわふわしたものが目の前にあり、なんだろう、と目をしばたたかせた。それが明石の髪の毛であることに気づいたのは二秒ほどあとだ。

「篠崎くん？」

「あ、す、すいません」

なんてことだ、雇い主の肩に頭を預けて寝てしまった。

「いや、徹夜だもんねえ、眠いよね」

「すみません……」

「それにしても、君、隣が僕だというのによく眠れますね。昨日あんなものを見てて、僕のこと怖くないの？」

「え？」

なんだか意外なことを聞いた。確かに昨日は部屋でいろいろなものを見て、気持ち悪かったし不気味だった。顔には出さなかったが鳥肌は立ったし、背筋が凍った。だが、明石のことは別に怖くはなかった。

彼がずっと漫画を描いていたせいかもしれない。次々と渡される原稿の美しさや迫力は、部屋の中の不条理を忘れさせるほどだった。

「先生のことは……怖くはありません」

「そう、――――そうですか」

明石は嬉しそうな顔をした。

「漫画家になってから山中さん以外でこんなに話した人は君だけですよ。あの仕事場が大丈夫なら、来週もまた来てもらえませんか。今度は漫画の話とかしたいし」

明石は正面から瑛太の目を見て笑った。邪気のない、澄んだ笑みを向けられ、瑛太はいささか照れて目をそらした。

「俺、漫画のことはそんなに詳しくないんですが」

「それでも話してみたい。僕は人の中で生きている時間は長いけれど、関わったことはあまりなかったから、こうして話ができるだけで楽しいんです」

なにか妙な言い方だなとは思った。だが瑛太にはまだその意味はわからなかった。

三

終点の駅前でバスを降りると、明石が目の前にあるファストフード店を指さした。

「あそこでお昼ご飯を食べましょう」

「原稿、大丈夫ですか?」

「一〇分くらい、いいでしょう」

店は昼時なので混んでいた。学生服を着た集団が多く、賑やか……というよりは騒々しいくらいだ。特に入口近くの四人掛けの席に六人で座っている連中が騒がしい。

高校生だろうか、だらしなく足を投げ出し、自分たちの鞄やスポーツバッグも無造作に通路に放置している。瑛太は彼らを見て、眉を寄せた。

彼らのテーブルの上にはポテトが山盛りになっていた。食べる気はないらしく、積み上げて遊んでいるのだ。床には紙ナプキンや潰された紙コップが落ちている。ちょうど忙しい時間帯で店のスタッフは掃除にもまわれない。自撮りに興じる彼らはそんな状況が自慢になると思っているのだろうか？

「メニューはなににしますか？　篠崎くん」

明石に言われてあわててカウンターのメニューを見る。

「じゃあチーズバーガーで」

「それだけでいいの？　新製品とかありますよ」

「いえ、それで結構です」

「じゃあセットにするね」

明石と瑛太はトレイに商品を載せて奥の席に座ったが、入口付近の連中の大騒ぎはそこまで聞こえてきた。

「うるさいな」

瑛太は背中の方から聞こえてくる声に苛立った。

「そうですねえ」

「ちょっと注意してきましょうか」

「やめてください、面倒事が起こったら原稿を届けられなくなる」

そうか、と瑛太は浮かしかけた腰をおろした。

「篠崎くんは正義漢なんだね」

「そんなわけじゃないです」

「みんな見て見ぬ振りをしているのに」

「そうですね……。俺も我慢を覚えなきゃいけないですね」

「まあ僕は少年漫画描いているから君みたいなのは好きですけどね」

明石は瑛太の方にトレイを押した。

「ハンバーガーは好きですか？」

明石が包んである紙をむきながら聞いてくる。

「ええ、まあ」

「僕は大好きです。安いし手軽だし、なによりこうして手で食べられるのがいい。正直、箸やフォークなんかは使うのが下手《へた》なんです」

確かに昨日の夜食でコンビニ弁当を食べていた明石の箸の持ち方は変だった。握りこむようにして持って、ものを摘《つま》むたびに掌を開いて箸を動かしていた。だからひどく時間がかかる。女性には絶対もてない箸使いだ。

その仇を討つように、ハンバーガーの食べ方は早い。あっという間にひとつ食べ終え、もう次のに手を出していた。だが、急にそれをトレイに戻すと顔を伏せた。

「どうしたんですか？」

「――――腹が、」

「え？」

「痛い。……うう……っ」

明石は片手で腹を押さえた。

「大丈夫ですか？」

「大丈夫、……誰だ？」

「は？」

明石は顔をあげ、店内をきょろきょろ見回した。

「あ、あの人か」

明石の視線の先を見ると、入口で騒いでいる少年たちのそばに、キャップをかぶり眼鏡をかけた男が立っていた。マスクをして、さらに口元をマフラーで覆《おお》っている。その男は紙袋を床に置くと、すぐにその場を離れた。

「ヤバイ、ですね」

痛みに耐えるように顔をしかめながら、明石が呟く。

「なにがですか」

「あの人です。今、置いていった紙袋、なにか危険物が入ってるんじゃないかな？」

紙袋はなにかのロゴが入った大きめのものだったが、その前を通りすぎる人間は誰も関心を寄せない。

「店を出た方がいいね」

「待ってください先生、危険なものなら処分した方が」

「いややや、巻き込まれたらせっかく上げた原稿が台無しになります。ここはさっさと撤退しましょう」

明石は食べかけのハンバーガーをそのままぽいっと自分のバッグに放り込んだ。

「出ましょう、篠崎くん」

「先生は出てください。俺はあの袋を確かめます」

瑛太は立ち上がると入口に向かった。

「篠崎くん、危ないですよ！」

騒いでいる学生たちの後ろに置いてある紙袋をそっと開けてみる。中には透明なペットボトルが二本入っていた。そのボトルは赤と青の金属線が巻かれ、デジタルの時計に接続されている。

（時限爆弾⁉）

実物を見たことはないがそれを彷彿《ほうふつ》させる。デジタル数字がパタンパタンと減ってゆく。

(ボトルの中身は燃料か？　それともガスを発生させるものか)

「篠崎くーん――」

背後で明石が原稿をかかえて情けない声を上げている。彼の背後にはドラッグストアがある。

瑛太は明石に突進すると、彼を引きずってドラッグストアに入った。殺虫剤の棚からゴキブリを瞬間凍結させるものを選ぶ。

「先生、お金払っといてください」

瑛太はそう言うと殺虫剤を持って店を飛び出した。

再びファストフード店に戻ると、紙袋はまだそこに置いてある。瑛太は殺虫剤のボトルを袋につっこみ、デジタル時計に向かって噴出させた。

殺虫剤とはいえ、冷却能力はすばらしくマイナス二〇度まで下がる。デジタル時計の盤面がたちまち白く凍りつき、数字の動きが止まった。

「篠崎くん、大丈夫ですか？」

明石がおそるおそる声をかける。

「はい、時計は止まりました。でも警察を呼んでください」

「それは困る。事情聴取なんかされたら原稿が間に合いません」

「だけど……」

「ちょっと待っててください」

明石は紙袋を持ち上げると店を出た。

「どうするんですか、先生。おそらくガスが出るつくりですよ」

「誰もいない場所で処分してもらいます」

「え、誰に」

道路を渡ると駅だ。駅の前のロータリーには鳩の群れがいた。人が渡ってきても飛び立ちもせず、うろうろと歩き回っている。明石はその群れの中に飛び込んだ。さすがに驚いたらしく、鳩たちはバタバタと大きな羽音をたてて一斉に飛び上がる。

明石のすすき色の髪がそのはばたきに巻き上げられた。黒い布に包まれた体が鳩の翼の中でくるりと回り、二重回しのマントが大きく広がった。

「え、――――」

瑛太は目を見開いた。明石の手にさっきまであった紙袋がない。

「ど、どうしたんです」

「鳩が持って行きました」

明石はハンチングを押さえて空を見上げている。

「うっそ……」

瑛太も空を仰《あお》ぐが鳩の群れの姿はない。

「ほ、ほんとに？」

「はい、大丈夫です。安心してください」

明石はにっこり笑った。その笑顔が自信に満ちていたので思わずうなずいてしまう。

「あ、あの人だよ」

指さす方を見ると、さっき紙袋を置いていった男が、駅の壁際に立ちこちらを見ていた。

「あの野郎！」

瑛太がダッシュすると男があわてて逃げる。

「待て！」

平日の昼時とはいえ、四つの路線を持つ北千住駅の人通りは多い。男と瑛太はその人波をぬって走った。

「待てって！」

瑛太は男のマフラーを捕まえた。思い切り引くと、はずみでマフラーとマスクが飛ぶ。

怯えた顔で振り向いたのは、入口で騒いでいた学生たちと同じ年くらいの少年だった。

瑛太は彼の胸ぐらを掴《つか》んで駅の通路の壁に押しつけた。

「どういうつもりだ！」

「……っ」

少年は顔をそむける。

「なんであんなことをした！」

少年は答えずぶるぶると震えている。

「篠崎くん」

背後から柔らかな声がかかった。振り向くと明石が原稿を抱いて立っている。

「そんな怖い顔をしてたらなにも話せなくなってしまうよ。その子はもう大丈夫だから、手を離しなさい」

「大丈夫？　大丈夫ってなにが！」

「もうその子に人を傷つけるような殺意がないってことです」

明石は言いながら腕を伸ばした。少年がびくっとして目をつぶるが、明石の手は軽く彼の肩に触れただけだった。

「ね？　もう悪いことは考えてないでしょう？」

「……」

がくりと、力つきたように少年がうなだれる。瑛太はそれを見て、押しつけていた力を緩めた。

「あんなことをするにはなにか事情があったんだと思うけど、不特定多数の人を傷つけるのはよくないですね」

「……すみません」

小さいが、初めて少年の口から言葉が出た。

「事情があるのか」

瑛太はまだ少年の胸元から手を離さずに言った。

「……あいつらに……仕返ししたかった……」

「あいつら？」

「入口に座ってた六人組ですか？」

少年は明石の言葉に顎を引いた。

「仕返しって、なにかされたのか？」

「……」

少年が再び震えだした。それを見ていた明石があわてて腹を押さえる。

「……っつ、つ、いたた……」

「先生？」

「いや、大丈夫。大丈夫ですよ」

少年は今度は明石に怯えた顔を見せる。

「あ、あんた先生なのか」

明石はにこりと笑い、抱えていた袋を見せた。

「先生って言っても勉強を教える方じゃありません。僕は漫画を描いているんです」

「ま、漫画家？」

明石は袋から原稿をちらっと出してみた。少年の目が飛び出るほどに見開かれた。

「それって、明石妖介の絵……！　まさか、ほんとに？」

今度は瑛太が驚いた。表紙を見ただけでわかるのか。もしかして明石先生は自分が思っているより人気作家なのだろうか。

「なんですか、その意外そうな顔は。僕のことを知っている読者がいるのが驚きですか？」

明石がちょっと拗ねた口調で瑛太に言う。瑛太はあわてて片手で自分の顔を覆った。

「そう、本人です。ちなみに今から出版社に向かうところ。だからあまり時間がないんだけれど、――――つまり君はあの六人組から復讐をしたくなるほどひどいことをされていたということですか？」

明石が簡潔にまとめると、少年の体から力が抜け、ずるずると壁に沿ってしゃがみこんでしまった。明石も少年の前に膝をつく。長いマントの裾が影のように地面に広がった。

「君、名前は？」

「……澤井《さわい》です。澤井涼介《りょうすけ》」

「なにをされたんです？」

「……殴られたり……金をとられたり……」

涼介はうつむいた。

「そうですか。まあそれ以上のこともあったんでしょうが、もう言わなくていいです」

明石はぽん、と少年のキャップの上に手を置いた。

「だからといって、ああいうのはだめです。さっきも言ったけど、あれじゃあ連中だけじゃなく、他の人も巻き込むことになるでしょう？」

柔和な笑みを浮かべて諭《さと》すように言う。

「すみません……」

「あの爆弾の中身は？」

「塩素系の洗剤と強酸性の洗剤……」

「洗剤？」

明石は瑛太を振り仰いだ。笑みが引きつっている。かすかに首も振っていた。

「混ぜるな危険ってやつだな」

瑛太が言うと少年がうなずく。

「塩素系の洗剤と強酸性の洗剤を混ぜると化学反応で有害なガスが発生するんです。」

「あ、そ、そうか。そうだったね」

瑛太の説明に明石が取り繕うように笑う。きっと知らなかったのだろう。

「時限装置はどうやって？」

「ネットで調べました。一番単純なもので、時間が来れば電線が発熱してボトルを溶かすんです」

「そうか、すごいですねネットは」

明石は涼介の腕を引いて一緒に立ち上がった。

「そういうくだらない連中のために君が犯罪者になることはありません。悔しいかもしれないけど、逃げるという選択肢もある。学校なんか行かなくてもいいんですよ」

「でも……」

「自分が一番大事ですよ。今、君は連中にかなわないかもしれないけど、五年後、一〇年後はどうなっているかわからない。とにかく連中から離れることを考えてください」

「……」

明石は床に落ちていたマフラーを拾い上げ、彼の首にかけた。

「君が殺意を持った今日のことは覚えておくといいでしょう。君はいつでも彼らを殺せる、それは君が彼らより強いということです」

とん、と肩を押す。

「さあ、帰りなさい」

「え」

「え？」

涼介と瑛太は同時に声を上げた。

「僕を、警察に、は………」

「そんなことしません。だって君は僕の読者ですからね」

明石はにやりとした。

「この原稿が雑誌に載ったとき、読んでもらわないと」

「明石………先生」

涼介の目に涙がにじむ。

「すみません………ありがとう、ございました」

彼はそう言うと背を向けてパタパタと走っていった。

「………いいんですか？」

瑛太が聞くと、

「だって、警察に行くと間に合わなくなりますから」と原稿の入った袋を見せる。

「やっぱりそっちの都合で」

「当たり前です」

明石は片手を上げた。

「じゃあここで。来週の水曜日、また来てください」

「わかりました」

瑛太は帰ろうとしたが、ひとつ思いついて振り向いた。

「明石先生」

「はい？」

明石が肩越しにこちらを見る。

「なんでさっきあんなことを？」

「あんなこと？」

「澤井くんに殺意を覚えておけって。彼らを殺せるって……やばくないですか？」

「ああ」

明石はくるりとこちらを向くと、とんと自分の心臓を押さえた。

「人間は簡単に逃げることができません。彼が本気で逃げるには時間がかかるでしょう。その間にまたひどい目にあうかもしれない、でもそのとき自分が強いと思っていれば耐えられるじゃありませんか」

「だけど、本当に殺してしまったら」

「涼介くんは大丈夫ですよ」

明石は微笑《ほほえ》んだ。大丈夫、という言葉がすとん、と胸に落ちる。そうか、大丈夫なのかと思えてしまう。

じゃあね、と明石はそのまま階段を上って行ってしまった。まったく根拠がないのに大丈夫だなんて……と瑛太は思ったが、でも、なぜだろう、そう言われて安心している自分がいる。

明石先生は変わっている。コーヒーのいれ方も歯の磨き方も知らない。変なものが横行する部屋にいても平気だ。鳩に爆発物を預けるっていうのもどうなんだ？　ちょっと変わってるんじゃない、そうとう変わっているんだ。だけど。

——おもしろい。

体験したことのないことを教えてくれそうで、瑛太は来週の仕事が楽しみになった。

四

「なにそれ、幽霊屋敷？　お化け屋敷？　事故物件どころじゃねーな」

翌日、大学に行って花邑に会うと、根掘り葉掘り聞かれた。仕事場での怪異について話したらすごい食いつきで、ぜひ動画に撮ってほしいと言われた。

そういえば仕事場ではスマホでそういうものを撮影する気も起きなかった。

「なんだよ、そういうのこそ拡散しなきゃ」

「仕事中だしな」

「真面目かよ」

「いけないか？」

「んじゃ、一万でその動画買う。どうだ？」

「……………」

それは魅力的な話だが、瑛太は首を横に振った。

「先生に聞いてからな」

「えー？」

「黙って撮ると盗撮になるじゃないか」

「そりゃまあそうだけどぉ」

「期待せずに待っててくれ」

それからあっという間に日々が過ぎて、約束の水曜日になった。直接明石に電話をいれると、午後から来てほしいと言われた。

「仕事量は前回と同じくらいだから、よろしくお願いします」

「わかりました。なにか買っていくものありますか？」

コンビニで弁当を四つ買ってきてほしいと言われ、瑛太は駅前で買い物をした。明石の好物がなにかはわからなかったので、とりあえず定番の「のり弁当」、肉が好きなら「焼き肉弁当」、洋食向きに「ミートソース大盛りパスタ」、それから明石が手づかみで食べられるハンバーガー。

「こんなものかな」

瑛太はビニール袋をぶらさげて駅前からバスに乗った。

アパートに到着すると、やはり甘い金木犀の香りがする。周囲を見てみるが、どこにもその花は咲いていなかった。

主のいないという祠を通りすぎ、赤錆の階段を上る。ノックすると、すぐに明石がドアを開けてくれた。今日はセーターの上に古びた綿入れ半纏《はんてん》を着ている。

「よかった、来てくれて」

「え？　行きますって電話しましたよね」

「うん、でもやっぱり顔を見るまでは心配で。その、仕事場が特殊だから」

明石はぎこちない笑みを浮かべる。瑛太が弁当の入ったビニール袋を持ち上げて見せると、その笑みが自然なものに変わった。

「ありがとう、さあ、入って」

足を踏み入れると先週と同じように散らかっている。瑛太は「失礼します」と言いながらゴミを拾い始めた。

「あ、ごめんね。仕事に入ると片づけられなくて」

「いいんです、俺の仕事ですから」

一通り片づけ、コーヒーをいれる。今度はちゃんとコンロの上にやかんが載っていた。

「押し入れから発掘しました」

明石が自慢げに言ったが、そもそもやかんを押し入れにいれるところから間違っていると思う。

瑛太の心が叫びたがっていたが、敢《あ》えて押し殺した。

「ああ、コーヒー、いい香りですね」

マグカップを机に置くと、明石は両手で持って香りを堪能した。こんなふうにこれから先ずっと明石にコーヒーをいれることになるとは、瑛太もこのときは思っていなかった。

相変わらず妙なものがチラチラと目の端を横切っていく仕事場。さっきは目玉に手足がついたものが机の上を這っていた。思わず「キタロウ」と裏声を出してしまったが、それはなにも答えず机の縁に消えた。

明石の原稿は本当にアシスタントが必要なのかと疑うくらい描きこまれていて、瑛太の仕事はベタとトーンくらいだ。おっと、消しゴムかけも忘れてはいけない。

「先生、ヤバイです」

「え？　ど、どうしたの？」

「トーンの八二番がなくなりそうです。他にも使うシーンがあったら変更してください」

「ああ……、わかりましたー」

幸い八二番は網トーンなので他のもので代用できそうだ。瑛太は最後のトーンを絵の上に重ねた。

トーンは細かい点で構成されていて、その点は画面に対して斜めの列にならないと美しく見えない。これは初日に明石から教えてもらったことだ。今までなにげなく読んでいた漫画の画面に、そんな細かい工夫がこらされていたとは知らなかった。

きれいな斜めにするためにトーンをいじっていると、ドアがノックされた。時計を見ると一八時になろうとしているところだった。

「出てもらえますか？」

明石に言われて瑛太はドアの前に立った。

「どちらさまですか？」

「……こんばんわー」

甲高い声は子供のようだった。

「えっとねー、ここはあかしせんせいのおうちねー」

「そうですけど」

「あかしせんせいはー、いるのねー？」

瑛太は振り向いて明石を見た。しかし、彼は黙って首を横に振る。

「すみません、明石先生は今いらっしゃいません」

「えー」

「えぇぇ」

声が増えた。もう一人も子供のようだった。

「えっとねー、あかしせんせいがいないとこまるのねー」

「あかしせんせいにおねがいがあるんですぅ」

声が悲壮な調子で言った。

「ここをあけてなのねー」

「あかしせんせいにあわせてくださいよぅ」

トントントンとノックは小さく続けられている。瑛太は再度明石を見たが、彼はもう振り向かずにペンを走らせていた。

「明石先生はいません。帰ってください」

瑛太はドアに向かって言った。相手の声は幼い子供だが、よく聞くとドアのノックの音はずいぶん低い場所から聞こえる。これは人間ではない。部屋の中に出てくるような得体のしれないものである可能性が高い。

「あかしせんせー、あかしせんせー」

たとえ泣きそうな子供の声だとしても……っ。

「先生！」

瑛太はドアの前からダッシュで明石の机に飛びついた。

「俺はもう無理です！」

「なにがですか」

「子供の泣き声ってのはずるいです、対応できません！」

「あれ、子供じゃないですよ、きっと」

「わかってますよ！　でも、あの声に耐えられる人間はいません」

明石はペンを動かす手を止めて瑛太を見上げた。

「え？　そうなんですか？　人間は耐えられない？」

「はい、少なくとも俺には無理です」

「うーん、そうですかー」

明石はため息をつくと、椅子を回した。

「わかりました、ドアを開けて彼らを中にいれてください」

ほっとした。

瑛太はドアの前に行ってノブに手をかけたが、はたと思い直した。もしこのドアの向こうにいるものがとんでもなく恐ろしいものだったらどうしよう。

「あかしせんせー、あかしせんせー」

声はまだ泣いている。いや、この泣き声を聞き続ける苦痛より怖さの方がマシだ。

瑛太は思い切ってドアを押し開けた。

「あ、あいた、あいたねー」

「あいた、あいたぁ」

ドアの向こうで歓声があがる。やはりかなり下の方からだ。視線を落とした瑛太が見たのは、仔犬ほどしかない二人の子供だった。手で掴めそうなくらい小さい。

黄色いレインコートを着て、手を握りあい、こちらを見上げている。顔は普通のかわいらしい子供だったが、見開いた目は南天の実のように真っ赤だった。

人間じゃない、これは絶対に人間ではない。

「あれー、あかしせんせい、じゃないのねー」

子供が首をかしげて瑛太に言った。二人とも、雨も降っていないのに、レインコートがぐっしょりと濡れている。

「お、俺はただのアシスタントだ、明石先生はあそこ」

瑛太があわてて部屋の中を指さすと、二人の子供はだっと玄関を駆け上がった。

「あ、こら！　靴を脱いでいけ！」

子供たちは明石の座る椅子の下に駆け寄ると、ぴょんぴょん飛び上がった。そのたびにレインコートから雫が落ちて畳を濡らす。

「あかしせんせー、あかしせんせー。たすけてなのねー」

身長が低いので椅子の座面にすら届かない。

「やあ、ひさしぶりですね、ソク、トウカイ」

明石はペンを机の上に置いて二人に目を向けた。

「あかしせんせぇ、たすけてぇ」

その人外《じんがい》と知り合いなんですか、と聞きたいのを我慢して、瑛太は畳の上の水を雑巾で拭き取った。

「先生、その子たちに長靴を脱ぐよう言ってください」

「それは無理ですよ」

明石は笑って一人の子供をつまみあげた。

「ほらよく見てください」

瑛太は立ち上がると、明石の指先の子供の靴を見た。靴は履いているのではなく、足と同化している。

「この子たちは用心のため人間に化けているんですが、細かいところはわりと雑にできているんですよ」

「はなしてーはなしてー」

小さな子供は体を揺すって明石の指先から降りた。化けているといってもこの大きさでアウトだろう。なんの用心にもならない。

「あれ、こいつー、にんげんなのねー？」

二人は、明石の足につかまって隙間から瑛太を見た。

「どーしてあかしせんせいのところににんげんがいるのよぅ？」

さっき明石が名前を呼んでいたが、瑛太にはどっちがソクで、どっちがトウカイかはわからない。

「お仕事を手伝ってもらっているんですよ。それよりどうしたんですか」

「えっとねー、こまってるのねー」

「こまってるぅ、おれたちのすみかがぁ、きたなくなっちゃうのよぅ」

ソクとトウカイは同じ言葉を繰り返した。

「君たちは今どこに棲《す》んでいるんですか」

「えっとねー、あらかわなのねー」

「あらかわぁ、ごきんじょですぅ、じゅうごばんめのはしがあるところぉ」

二人は明石の足を登り、膝の上に座った。

「あのねー、わるいひとがねー、いつもよわいひとをたたいたりけったりするのねー」

「きっとねぇ、きょうはねぇ、しんじゃうのよぅ」

かわいらしい声のぶっそうな内容に、瑛太はぎょっとして畳を拭く手を止めた。

「しんじゃったらねー、おみずがよごれておうちがきたなくなるのねー」

「だからあかしせんせぇ、たすけてよぅ、おねがいよぅ」

瑛太は立ち上がると明石のそばに寄った。二人の子供はあわてて明石の背後に回って隠れる。

「どういうことですか、死んじゃうって」

明石は髪に指を差し入れるとガリガリとかいた。

「言葉通りなんでしょうね。今日は、ということはしょっちゅう行《おこな》われていることなんでしょう」

「そーなのー、いつもねー、たたかれてるのねー」

「ひとのぉ、うらみ、まっくろなのよぅ、そうしたらおれたちくるしいのぉ」

「えっとねー、もうじきねー、くるのねー」

「きっときょうはぁ、しんじゃうよぅ」

ソクとトウカイが交互に声を上げた。

「彼らの棲む場所で人が恨みを抱いて死ねばその場が負の念で汚れてしまうんですよ。彼らは非常にデリケートな存在なので、その汚れに蝕《むしば》まれてしまうかもしれない」

「そ、それも大変ですけど、つまりその、今、人が殺されようとしているんでしょう？　早く助けないと！」

「原稿があるのに？」

明石はきょとんとした顔で瑛太を見上げた。

「そ、それは……………っ」

「赤の他人を助けて原稿を落とせと」

トントンと明石の指が原稿の上で跳ねる。相変わらず流麗で力強いタッチの線。

「じゃ、じゃあ、警察に行って荒川をパトロールしてもらえば……！」

「彼らの言っていることはまだ行われていないことです。確か警察は事件が起こらないと動かないでしょう？」

コーヒーのいれ方は知らないのに、そんなことは知っている。

「彼らは少し先の未来を知ることはできますが、具体的な場所や時間まではわからないんです。そんな情報を警察に流しても動いてはもらえません」

「でも……」

「あかしせんせー、おねがいなのー」

一人が明石の右足にすがる。

「おねがいよぅ、こまるのよぅ」

もう一人も左足にすがった。明石が椅子に座ったままひょいと足を上げると、そのまま持ちあがる。ゆらゆらと動かす足の先で、小さな生き物は「きゃー」と悲鳴をあげ、床に落ちた。

「先生……」

瑛太は畳に座ると明石に向かって頭をさげた。

「すみません、編集の山中さんに言って、アシスタントを探してもらってください。俺はこの子たちと荒川に行きます」

「えーっ」と足元から悲鳴じみた声が聞こえる。歓迎されていないのは確かなようだ。

「篠崎くん……」

「原稿はもちろん大切です、仕事も大事です。でも俺は今死ぬかもしれない人がいるのにじっとしてることはできません」

瑛太の言葉に明石は目をパチパチと瞬いた。

「それは……君が人間だからですか？」

瑛太は首を横に振った。

「わかりません、でも俺は俺だから。——俺は助けに行きたいんです」

「おー、にんげんー、りっぱねー」

「にんげん、たすけてくれるのぅ？」

ソクとトウカイがパチパチと手を叩く。

明石はしばらく考えているようだったが、やがて椅子を軋《きし》ませ、立ち上がった。

「わかりました。では僕も一緒に行きます」

「えっ」

「君は今まさに少年漫画の主人公です。僕のキャラクターは今ひとつ熱血の度合いが足りないと言われていました。君はとても漫画の参考になります」

明石は畳の上の瑛太の手を握った。周りでソクとトウカイが「やったー」と飛び上がっている。

「でも原稿は？」

「ですから」

ふわりとすすき色の髪を肩から払いのける。

「とっとと終わらせて戻りましょう」

明石と瑛太は荒川土手を走っていた。荒川の橋は東京だけでも三〇近くある。ソクとトウカイの言った十五番目の橋は、海側から数えた数だ。

夕日はさっきスカイツリーの背後に落ちた。今は薄闇が川の上を覆い、土手から河原を見てもはっきりと判別しにくい。土手には照明があるが、河原を照らすものはないからだ。犬の散歩をする人やジョギングの人、自転車に乗っている学生たち。土手の上はのどかな夕方の風景で、とてもこれから殺人が起きるとは思えない。

「いつも殴ったり蹴ったりしているというのは、その十五番目の橋のそばなのですか?」

明石は黒いマントのポケットに向かって言った。黄色いフードをかぶった二人がひょっこりと顔を覗かせる。

「いつもねー、ばしょはちがうのー、でもとおくないのねー」

「じてんしゃでぇ、くるよう」

そのとき瑛太は河原でなにかが光ったのを見た。一瞬だったが自転車のライトの光のようだ。

「あそこ! 先生、あそこに誰かいます!」

土手を走り目をこらすと、河原に数人いるのが見えた。体つきから若い男たちのようだ。

「ああ、ほんとうだ。複数が二人の少年を殴ったり蹴ったりしてるね」

「見えるんですか⁉」

「暴力行為が行われているなら、証拠がいりますよね。篠崎くんは携帯を持ってる？」

「あ、はい」

瑛太はスマホを取り出した。

「警察に電話をしますか？　先生」

「いや、警察にかかわると面倒です。それで撮影しよう。操作方法を教えてください」

明石に言われて瑛太はスマホのカメラを動画撮影用に切り換えた。

「これで撮れます。でもかなり近づかなければ顔の判別まではむずかしいですよ」

「大丈夫だよ、彼らはこちらには気づかないから」

「え？」

「君はそこにいなさい」

明石はひとつ大きな息を吐くと、軽やかな足取りで土手を駆け下りた。白く長い髪が暗闇に舞う。瑛太ははらはらして見守ったが、かなり近づいているはずなのに、明石が言うように誰も彼の方を見ない。明石は間近でスマホを構えて一分ほど撮影した。

そのあと急いで戻ってきたが、顔をしかめ腹を押さえている。

「もう……限界……っ、おなかが痛くて……」

「え？」

「あとはお任せします。あの暴力行為を止めてください」

ぽん、と明石が瑛太の肩を叩く。そのとたん、体の内側がかーっと熱くなった。

「う、お……っ⁉」

足が勝手に駆け出す。瑛太は土手を駆け下りると、もつれあう影の中に飛び込んだ。

「な、なんだてめー！」

いきなり乱入してきた瑛太に男たちが声をあげる。薄暗くてもこれだけ近ければ相手の顔は見えた。男たちは六人、制服を着ているから学生——年齢からして高校生のようだ。

そして草むらに転がっているのは二人……。

「おまえ……っ」

その顔に見覚えがあった。先週、駅で捕まえた爆弾少年、澤井涼介！

彼はガムテープで体をぐるぐる巻きにされ、口にもそれが貼られていた。ズボンは脱がされて太ももにたくさんの傷がある。カッターで切られたようだった。涼介は目を見開いて瑛太を見上げた。

もう一人も同じような姿で、こちらは意識を失っているようだ。髪や服がぐっしょりと濡れている。川に落とされたらしい。

瑛太は改めて周りの高校生たちを見た。つまり彼らは先日涼介が爆弾を使おうとしていた六人組なのか。

「きさまら………っ！」

体の中の熱が頭に噴き上げた。

「なんてことしやがる！」

瑛太はすぐ近くにいた男の胸倉を掴むと、片手で持ち上げ地面に投げ落とした。

「てめぇ、このやろう！」

別な男が飛びかかってくる。その手首を掴み、一度捻《ひね》るとゴキンという音が響いた。悲鳴をあげる男の腕を持ったまま振り回し、別の男にぶつける。

「うわわ」

逃げようとした男の動きが妙にスローモーに見えた。瑛太は一瞬でその男の襟首を掴むと、そのまま背中に乗せて勢いよく地面に叩きつけた。

あと二人。

瑛太の目の端でなにかが光った。とっさにのけぞるとカッターナイフが顔をかすめる。よけられてつんのめった男の背中を足で蹴り飛ばすと、どんな衝撃だったのか、そのまま宙を飛んで川に落ちた。

最後の一人は腰を抜かしたのか地面にへたり込んでいた。

「た、たすけて！」

男が両手をあわせる。瑛太はその男の両手を掴むと立ち上がらせた。地面に落ちていたガムテープを拾い、仲間たちをこれで縛り上げるように命じる。男はひいひい言いながら、倒れている仲間たちにガムテープを巻きつけた。

瑛太は縛られていた涼介のガムテープをはがした。

「大丈夫か？」

「ぼ、僕は、大丈夫……あいつは……」

倒れているもう一人に目をやる。そこにはすでに明石が来ていてガムテープをはがしているところだった。

「大丈夫です、息はありますよ。でもすぐに病院に運んだ方がいい」

「携帯は持っているか？」

瑛太は涼介に聞いた。彼は首を横に振って、「とりあげられました」と答える。

瑛太は仲間たちにガムテープを貼った男に、携帯で警察に連絡するよう命じた。

「これは君たちが暴力を受けていたところを撮影したカードです」

明石は涼介にマイクロSDカードを渡した。

「これがあれば彼らを傷害罪で訴えることができます。少年ですからたいした罰は受けないかもしれませんが、君が大人になるまでは隔離されるでしょう」

「明石、先生……」

涼介の目から涙がこぼれる。

「僕、僕…………っ」

「君がいつもどんな扱いを受けていたかわかりますよ。こんな目にあわされていれば、爆弾のひとつやふたつ、作りたくなるのは無理ありません」

涼介は前のめりになってわっと泣いた。

「僕、は…………っ、弱くて…………、逃げたかったけど…………逃げられなくて……っ」

明石は少年を抱きしめた。

「僕は…………あいつらに勝てなかった…………結局…………負けたまま、終わって………」

「いいえ、君は強い。君の生きたいという強い思いが僕たちをここへ呼んだんです」

「………」

涼介は顔をあげ、涙で濡れた頬《ほお》を少しだけほころばせた。

「それって……『花の刃』のセリフ………」

「ああ、やっぱり君は僕のすてきな読者ですね」

明石は涼介の頭を撫でた。彼は盛大に洟《はな》をすすりあげ、長い息をつく。

「これからきっと警察でいろいろ聞かれると思います。おそらくそれも君の試練となるでしょう。でも、負けないでくださいね」

「――――はい」

「ちなみに僕らのことは黙っててね。通りすがりの正義の味方が助けてくれたことにしておいて」

パトカーと救急車のサイレンの音が風に乗って聞こえてくる。明石はＳＤカードを握った涼介の手をもう一度強く握ると、瑛太の方へ振り向いた。

「帰りますよ、アシスタントくん。原稿をあげないと」

「はい」

瑛太は最後の一人をガムテープで巻いて草むらに転がした。

涼介と一緒に土手をあがり、明石と瑛太は彼と別れた。しばらく行くとパトカーが横を通り過ぎ、その先で止まる。振り返れば涼介が警察官になにか言っているのが見えた。

明石はポケットからソクとトウカイを出した。

「さあ、これでもう河原でひどいことはしばらく起きないでしょう」

「あかしせんせー、ありがとうなのねー」

「そっちのにんげんも、ありがとうよぅ」

黄色いレインコートの裾《すそ》を翻し、二人の小さな子供が明石の掌から飛び降りる。草の上で揃ってこちらを見上げ、手を振った。

「またねー、あかしせんせー」

「またねぇ、にんげんー」

さっと細い草が揺れたかと思うと、もう姿が見えなくなる。

「明石先生」

「なんですか？」

「あの子たちはなんなんです？　仕事場に現れる雑鬼とはまた違う感じですが」

明石はマントの肩ごしに振り向いた。

「おや、よくわかりましたね」

「話をするし、なんというか仕事場に出るものより存在感が厚いというか……」

「ふぅん、君はなかなか感性が鋭いね」

さらさらと明石の白っぽい髪が目の前を流れてゆく。いつの間にか昇っていた月に照らされ、それが明るく輝いた。

「あの子たちの名前はソクとトウカイ」

明石は空中に指で字をなぞった。

「ソクは漢字で束《たば》と書きます。トウカイは刀に貝。それらをあわせてけものへんをつけるとどうなりますか？」

瑛太はスマホにその文字を表示させた。束・刀・貝、そしてけものへん……。

獺

「カワウソ？⁉」

「絶滅危惧種の哺乳類とは違いますよ。ムジナ・タヌキ・キツネなどのように、実在する動物の名前を持った妖かしです」

「アヤカシ……」

「元々秩父《ちちぶ》の方に住んでいたんだけど、最近こちらに流れついたようです。ああいう見た目ですが、中身は百年以上生きているおっさんですよ」

「ちょ、ちょっと待ってください。アヤカシってその、漫画や小説によくでてくる、ようは、その……」

瑛太はごくりと息を呑んだ。

「妖怪ですよね」

「そうだね」

明石はあっさりと答える。

「その妖怪に助けを求められる先生って、……なんなんですか」

「なんだって言われてもね」

明石は月の光の中で振り返った。マントが黒い翼のように翻る。

「僕も妖怪なんだよ」

「えっ？　ええっ？」

「人に正体を話したのは四人目だなぁ。どう？　怖い……ですか？」

「え――――」

月光を映して銀色に光る髪が明石の顔を覆い、表情が見えない。だけどその声が、なんだか心細く聞こえて。

「……怖いと思ったら今日来ていませんよ」

瑛太はそんなふうに答えていた。

「先週、仕事場でいろいろ見て、アシスタントが居つかない理由はわかりました。でも俺はおもしろいと思ってしまって。あの現場も、あそこに住んでいる明石先生も、怖くはなかったんです。そして今も……」

風が明石の髪を巻き上げた。びっくりしたように目を丸くしている明石の顔に、瑛太は笑いかける。

「怖くはありません」

「……」

明石がぎこちなく口角をあげる。笑おうとして失敗した顔になり、彼はそのままうつむいた。

「ありがとう、篠崎くん。そう言ってくれたのも君で三人目です」

そう言うと明石は顔をあげ、今度こそにっこりと大きく笑った。

「さあ、急いで帰ろう。原稿を仕上げてしまわなければね」

終

夜中、原稿を描きながら明石が話してくれた。妖怪は今もこの世界でひっそりと生きている。明石のように人間社会で人として暮らしている妖怪は珍しく、そのため他の妖怪たちに頼られてしまうのだと。

「人の世界で生きるというのは妖怪にはむずかしくてね」

ほんの少し変わったところがあると、人はそこから違いを見つけ、正体を暴いてしまう。

今まで何度も引っ越しをしたと明石は話した。

「僕のこと、変わってるって山中さん、言っていたでしょう?」

「ええ、まあ……」

「でも自分ではどこが違うのかわからないんですよ」

明石はため息をつく。

「それに僕には弱点があって」

「弱点、ですか？」

「うん。近くに悪意や憎悪を持つ人間がいると、おなかが痛くなってしまうんです」

「ああ……」

それでファストフード店のときも、河原のときも腹痛を訴えていたのか。

「まあ、おかげで悪い人間がわかって便利といえば便利なんだけど」

明石は種明かしをするように瑛太に笑ってみせた。

「だからあのとき、連中に近づけなくて、君に任せたんです」

「考えてたんですが」

瑛太はこちらを向いている明石を、トーンを切るカッターで指した。

「あのとき、俺になにかしませんでしたか」

「なにか？」

「いくらなんでもあのときの俺は尋常ではなかったです。自分でもおかしくなくらい動けたし強かった。まるで漫画の主人公のように」

「ええ——はい、」

明石は申し訳なさそうに頭をさげた。

「君の体を少し操りました。でも元々君は身体能力が高かった。相乗効果ですよ」

「やっぱり操ってたんだ」

瑛太の言葉に明石は困った様子で両手を擦《こす》りあわせた。

「ごめん、やっぱり嫌ですよね。アシスタント……続けるのやめますか？」

「操ってアシスタントさせないんですか？」

明石は首を振り、きっぱりと言った。

「漫画に関しては妖怪の力は使わない」

「……」

瑛太は原稿を見た。力強い線、まっすぐな瞳の主人公。

「このキャラクターは先生にとっての理想の人間ですか？」

「うん……そうかもね」

「俺はこのキャラクター好きですよ」

瑛太がそう言うと、明石は心から嬉しそうに笑った。

二回目の仕事が終わったのは翌日の午後だった。今回も徹夜になってしまったが、疲れは感じていない。

原稿を揃えて見直す。完成原稿を確認するこの瞬間が気持ちよかった。

「今回もありがとう」

明石は瑛太にアシスタント代を払いながら言った。

「こちらこそ、ありがとうございます」

「アクシデントがあったわりには早く仕上がってよかった」

「そうですね」

明石は少しもじもじしながら言った。

「来週もまた来てくれるかな……」

「はい、もちろんですよ」

間髪をいれずに答えた瑛太に、明石の顔がほころぶ。

「ありがとう」


大学に行くと花邑が駆け寄ってきた。

「篠崎ちゃん！　どうだ、幽霊動画は撮れたか？」

「あ、忘れてた……というか、ＳＤカードなくしたし」

「なんだよ、もう――。なあ、また行く？」

「ああ、たぶん」

「じゃあ、そのとき！」

瑛太は答えず生協の売店へ向かった。

「どこ行くんだよ」

「買い物があるんだ」

「なにを買うのさ」

棚を見て、目的のものを取り上げる。

「コーヒー用のケトルだ」

ステンレス製で注ぎ口が長くて細い。ハンドルは木製で本体から離れているから熱くならない。千円ちょっとという生協値段が金欠の身にはありがたい。

「おまえ、そんなにコーヒーに凝ってたっけ?」

「……先生が俺のいれるコーヒーをおいしいって言ってくれるからな」

瑛太はふたを開けたり閉めたりしながら答えた。

「好きなものを同じようにおいしいって思ってくれるなら、相手が妖怪だろうと宇宙人だろうとわかりあえると思わないか?」

このケトルでコーヒーをいれたら、やかんで注ぐよりおいしいコーヒーができるだろう。

そのときの明石先生の驚く顔を想像し、瑛太は明るい笑顔を浮かべた。

了

第二話

猫の家

序

「じゃあ、おにぎりとおいなりさんでいいですか？」

「はい、頼みます。篠崎くんは好きなものを買っていいよ」

明石から夜食代を預かり、篠崎瑛太はアパートの外へ出た。深夜二時。あたりは真っ暗で寝静まっている。

錆だらけの階段をそっと下りたが、どうしても下から三段目で「ギイッ」という、心臓に悪い大きな音がする。きっとネジが緩んでいるのだ。やはり今度工具を持ってきて締め直そう。

明石のアシスタントをするのももう五回目で、部屋の中のさまざまな怪異には慣れてきた。明石の部屋の雑鬼と呼ばれるものは、基本、悪さはしない。そこにいて、自分たちのするべきことをしている。

たとえば消しゴムのかすを丸める、ティッシュの下に潜り込む、三角コーナーの中で丸まっている、右に置いたペンを左に動かす、トイレのドアを内側から押さえる……。

なんのためにやっているのかはわからないが、それが彼らのアイデンティティらしい。部屋の中でものがなくなるのは、きっと見えない彼らの仕業なのだろう。

階段を下りて敷地を出ようとしたとき、ふと目の端でなにかが動いた。振り向いたがわからない。小さなものだったような気がする。

雑鬼は部屋の中だけで見えると聞いていたのだがな、と思いつつ、瑛太は無視する。明石からそう言われていたのだ。

「部屋の中のものにいちいち反応しないでね。人の感情が大きく動けば、妖かしたちにも影響が出るから」

「影響ってどんな……？」

「反応が欲しくて動きが活発に」

「──無視するようにします」

まさか部屋の中でうっかり反応して、それを気に入ったやつがついてきてるわけじゃないだろうな。

敷地を出て舗装された道路に出たが、やはりまだついてきているような気がする。瑛太は振り向かないように努力して駆け足でコンビニに向かった。

夜食を確保して店の外に出ると、ガードレールの足元の暗がりにさっと隠れるものがいた。瑛太は小さくため息をついた。結局コンビニまでついてきてしまったのだ。ビニール袋をガサガサ揺すりながら道路に出る。雑鬼はダニのようなものでどこにでもいるとは聞いているが、けっこう大きいし、部屋の外でこんなにも目視できるものを放置しておくわけにもいかないだろう。

(連れて戻るか)

幸い、それは他の場所へは行かず、瑛太のあとをついてくるようだ。

瑛太は歩きながら着ていたジャケットを脱いだ。そのまま気づかない振りをして進む。アパートが近くなったところで、瑛太はいきなりダッシュした。背後のものもあわてた様子で走ってくる。猛烈な勢いで二〇〇メートルほど走ったあと、突然方向転換した。追いかけてきていた小さなものが、一瞬身をすくませて立ち止まった。それに手に持っていたジャケットを勢いよく投げる。

「うぎゃっ！」

甲高い悲鳴があがった。瑛太は地面に落ちたジャケットに飛びつき、覆い被さる。ジャケットの下でもがいている感触があった。

「おとなしくしろ！　アパートに連れて帰ってやるから」

「にゃーっ！」

ジャケットの下で猫に似た声がした。しかし猫と限らないということは、明石の部屋の怪異で知っている。子供そっくりな泣き声をあげるものや、やかんのお湯の沸騰音のような声をあげるものもいる。

瑛太はジャケットごと抱き上げた。大きさは赤ん坊くらいある。布の上からさわっているとぐにゃぐにゃした感触で、しっかり抱いていないと手が滑ってしまう。そのへんも猫に似ていた。

胸にジャケットを抱きかかえながら、瑛太はアパートに駆け込んだ。

一

「なにを持ってきたの、篠崎くん」

玄関のドアを開けるなり、明石の声がした。いつもどおり、言い方は優しいのだが、その中にひやりとする冷たさがある。

「え、なにって……」

瑛太は改めてジャケットに包まれたものを見た。てっきりこの部屋のものだと思っていたが、まさか、外をほっつき歩いている野良雑鬼なのだろうか。

　中のものはまだ激しい勢いで身悶《みもだ》えている。

「ずっと俺のあとをついてきてたんで――もしかして、ヤバいもの持ってきましたか？」

「ソレはこの部屋にいるものよりは強いようだねえ」

　明石は立ち上がると玄関までやってきた。仕事場の照明が逆光になり、表情が昏《くら》い。スウェットの上に羽織っている綿入れ半纏のせいか、普段は細身の体が大きく見えた。

「篠崎くん。それしっかり持っていてくださいね」

　明石は膝をつくと瑛太が抱えるジャケットに手を触れた。

「君は誰かな？」

「にゃーっ！」

　ジャケットの中のものはさらに激しく動いた。

「人間の言葉は話せる？」

「にゃっ、にゃーぁあっ！」

「ではお手伝いしましょう……」

　明石はそう言うとジャケットの上から何度か撫でた。ぐねぐねと動いていたものがようやくおとなしくなる。

「どうかな？　言葉を話してみてください」

「にゃ……にゅあ、……はにゃ、せる……にゃ……にゃぁかしせんせ……」

「はい、明石です」

「にゃ、あかしせんせ、ゆずは、ゆずはあかしせんせにあいにきたんよ！」

ジャケットの中から甲高い、子供の声がした。妙ななまりがある。

「なぜ、僕のアシスタントをつけ回すようなまねをしたの？」

「だ、だって、どうやってこのウチにはいったらええんかわからんかったけん、ここからでてきたにんげんについていけば、はいれるかとおもたんよ、なんも、わるいことはせんけん、はなしてぇ」

再びじたばたとジャケットの下で跳ねる。まるで活きのいい魚のようだ。

「篠崎くん、もう離していいよ」

「大丈夫ですか？」

「大丈夫でしょう。まだ若い妖かしのようだから、大した霊力は持っていません」

そんなことを言う明石はいくつくらいなんだろうと思いながら、瑛太はジャケットを押さえる力を緩めた。そのとたん、服の中から、黒い影がさっと抜け出てちゃぶ台の下に隠れる。ちらっと長くて太い尻尾が見えた。

「たぬき？」

思わず瑛太が呟くと、

「だれがたぬきぞっ！　ゆずはれっきとしたネコマタよ！」

ちゃぶ台の下から小さな子供が顔を出し、叫んだ。道で見たときは赤ん坊ほどの大きさだったが、今は三歳くらいに見える。

「ねこまた？」

明石が目をぱちくりさせる。

なるほど、子供の頭には三角の小さな耳が生えているし、顔には左右三本ずつの銀色のヒゲが生えていた。

人間に化けているつもりなのか、灰色のセーターに黒い半ズボンを穿いている。セーターの上から赤いちゃんちゃんこを着て、手と足は黒い手袋とニーソックスで覆われていた。尻の後ろから、瑛太がたぬきと間違えた、毛足が長くて太い尻尾が見えている。灰色の尻尾で先端だけが白い。それはよく見ると二本に分かれていた。

「なかなか上手に化けているけど、いまどきそのちゃんちゃんこはないでしょう。水木しげる先生の妖怪ヒーローにでも憧れたのかな」

明石が半纏のたもとに手を入れながら言う。それに猫又はむっとした顔をした。

「そんなんやない、これはハナヨがくれたもんよ！」

「ハナヨ？」

「そがいなことより」

子供の姿の猫又はちゃぶ台の下から這い出ると明石の前に正座した。

「ヨウカイが困ったらあかしせんせが助けてくれるっておしえてもろたんよ、どうかゆずのたのみをきいてつかさい」

そう言って頭をさげる。明石は両の掌を広げて振った。

「ちょっと待っておくれ、僕は妖怪助けのボランティアをやってるわけじゃあないよ。人間の世界で漫画家として生きているだけだよ」

「それなんよ！」

猫又はぱっと顔を上げた。

「ヨウカイやのにちゃんと人間の世界で生きとる、それどころかお金をかせいで人間にもそんけいされて人間にもようできん仕事をやっとられる！　そげなえらいヨウカイがどこにおりますか！　あかしせんせこそ、ヨウカイの中のヨウカイです、キングオブヨーカイ！」

「おだててもだめだよ」

しかし、瑛太は明石の唇の端がぴくぴくと上に向きそうになっていることに、気づいていた。褒められれば嬉しいのは人間も妖怪も変わらないのか。

「明石先生、コーヒーでもいれましょう」

瑛太は立ち上がるとキッチンに向かった。

「おまえはどうする？　コーヒー飲めるのか？　それともミルクか？」

猫又に向かって言うと、きっとした顔で睨まれた。

「子供扱いすんなや、ゆずは猫又やけん、おまえなんかよりずっと長くいきとる」

さっきから比べればずいぶん言葉がスムーズに出てくる。学習能力は高いようだ。

コーヒーを三人分いれてカップを置く。残念ながらマグカップは二つしかないので、猫又の分はご飯茶碗になった。

猫又は手袋をはめた両手で茶碗を持ち、コーヒーに鼻をひくつかせたが、すぐに下に置いた。

「こがな豆を焦がしたようなもんはよう飲まんわ」

「だから言ったじゃないか」

瑛太は冷蔵庫から牛乳を取り出した。

「あ、ぬるめにしてやんさい」

猫又が注文をつける。瑛太は鍋に牛乳を入れ、火にかけた。

「それで」

明石は目の前でぺたりと座り込んでいる猫又に興味深そうな視線を向けた。

「君の名前は、ゆず？」

「ほうです、ゆず、です。冬になったら黄色い実がつく、えー匂いのするゆずです」

「うん、僕も柚子は好きだよ」

明石が微笑むと猫又のゆずは嬉しそうに笑った。

「君はいつ生まれたんだい」

「今年です」

「そうか、生まれたばかりなんだね」

ゆずはこくこく首を振った。

「ゆずは猫としてなんべんも生まれて死んでまた生まれてきました。今度も死んで、また猫になるかと思ったら、気がついたら猫又になったんです。こんなんはじめてやけん、びっくりしました」

「猫又ってそんなふうになるんですか？」

キッチンにいる瑛太が聞くと、明石は振り向いた。

「たいていは一度死ぬね。何度も転生したものが次の世でなる場合もあるし、そのときの生に強い執着を残した場合もそうかな」

「へえ。でも猫ってそんな強い執着がありますか？　飽きっぽいし忘れっぽいでしょう」

「そんなことない！　猫やってちゃんと覚えとるよ！」

ゆずは瑛太に向かってしゃーっと威嚇した。とがった牙が口の間から覗く。

「ああ、すまん、悪かった」

瑛太が素直に謝ったので、ゆずももにょもにょと口を閉じた。ぼんっと膨れ上がった尻尾が元に戻り、くるりと体に巻きつく。

「そんなわけで気がついたら猫又になっとりました。この姿になれるようになったんはついこないだです。外を通る子供の姿を借りました。大人の姿になるんはまだむずかしいけん」

「いや、似合ってるよ」

明石の言葉にゆずは照れくさげにパタパタと自分の体を払った。

「ゆずは今、人の住んどらん家に棲みついとります。適当に古く、でも雨漏りもせん、ええ家《ウチ》です。それが、最近、その家で困ったことが起こるんです」

「困ったこと?」

瑛太は温めたミルクをご飯茶碗にいれ、ゆずの前に置いた。

ゆずは茶碗と瑛太を交互に見て、ぺこりと頭をさげた。両手で持ってふうふうと息を吹きかける。

「ぬるめにしたけど」

「まだ熱いです。でもありがとさんです」

ちろっと舌先でミルクを舐めると、次には勢いよく、ちゃっちゃと音をたてて飲み始めた。

明石と瑛太はゆずがミルクを飲んでいる間、黙ってコーヒーを味わっていた。

「……っふう。ごちでしたぁ」

ゆずは口の周りを白くして、顔を上げた。ぺろっと思いがけず長い舌を伸ばしてそれを舐めとる。

「……眠とうなってきた……」

くたくたと畳の上に顔をつける。瑛太はあわててゆずのちゃんちゃんこを掴んで引っ張りあげた。

「こら、先生に用があってきたんだろ、困っていることってなんだよ」

「あ、」

ゆずは目を開けるとごしごしと手で顔を擦った。

「すんません、ミルクがおいしかったんで忘れそうになりました」

やっぱり忘れっぽいじゃないか、と瑛太は思ったが、心の中だけにしておく。

「えっと、どこまで話しましたかね」

「家で困ったことが起こるってとこまでだろ」

「あい」

ゆずはきろりと上を見上げた。

「えと、えと、あの、うちに——幽霊が出るんよ」

「幽霊？」

明石と瑛太の声がハモッた。それにゆずが答える。

「その幽霊を、なんとか成仏させてやってほしいんよ」

二

今回の原稿は案外余裕があり、明け方には瑛太はひと眠りすることができたので体調もいい。明石が断るかと思っていたが、キングオブヨーカイが効いたのか、幽霊に興味を惹《ひ》かれたのか、家に行ってみると言ってゆずを喜ばせた。

明石はスウェットを脱ぐとシャツとセーターに着替え、お気に入りらしいズルズルとしたワイドパンツを穿いた。彼にとってはおしゃれなのだろう。

耳が隠せないゆずは猫の姿に戻り、瑛太の腕の中でおとなしく抱かれている。

その姿は灰色の長毛猫で、ふわふわとした毛並みとふさふさの尻尾があり、あまり日本の猫らしくない。尻尾は猫又らしく二本に分かれており、左右別々に動いていた。手足の先は、猫又のときは黒かったのに、逆に白い。

猫の姿になったときも赤いちゃんちゃんこを着ていた。よく見るとお手製らしく、背中に柚子の刺繍《ししゅう》がしてある。顔はハチワレで緑色の目が生真面目に瑛太を見つめていた。

「猫又っていうのは白黒ぶちの日本猫のイメージがあったんだけどな」

瑛太が呟くと、ゆずは不満げに鼻にしわを寄せ、シャーッと牙をむきだした。さすがに猫の口では人間の言葉はうまく話せないようだ。

ゆずの棲家《すみか》は明石のアパートから徒歩で三〇分ほど。荒川と隅田川《すみだがわ》にはさまれた三角形の中洲状の土地にあった。中洲と言っても住宅が立ち並び、中学校や高校もある。隅田川の向こうには小さな観覧車が見えた。

「あれはあらかわ遊園だよ」

観覧車を見ていた瑛太に、明石が教えてくれる。いつものクラシカルなマントの襟を押さえ、眩《まぶ》しげに目をしばたたかせた。

「ずいぶん昔からある遊園地でね、小さな動物園もあるんだよ」

明石はゆっくりと回る観覧車を見つめながら言った。ハンチングの下からふわりとすすき色の髪がなびく。

「行ったことあるんですか？」

「それがねえ。このあたりにはずいぶん長い間住んでいるのに、まだ一度も行っていないんだ」

明石がくるっと振り向いて言った。瑛太は眠ったが明石は完徹のはずだ。なのにその顔には疲れの色もなく、なめらかな頬に当たる日差しに白く輝いている。やはり妖怪の体力はあなどれない。

「観覧車、好きかい？」

「どうでしょう、乗ったことないので」

「こんど一緒に行ってみる？」

男二人で遊園地ですか、と言いかけたが、明石が期待に満ちた表情をしているので、やめておいた。

「まあ……時間があれば」とお茶を濁す。

明石と瑛太はさらに歩いた。この三角洲のあたりはあまり人けがなく、歩いているのはカートを押している老人ばかりだ。古い一軒家も多く並んでいる。川からの風が冷たく頬をはたいて、瑛太は身をすくめる。

「このあたりなのかい？」

明石の言葉にゆずは瑛太のジャケットの中から顔を出し、「にゃあ」と前足で指し示す。

歩いてゆくと大きな椿の木のある一軒家に着いた。二階建てで黒いスレート屋根、周りをクリーム色の塀で囲まれている。けっこう年季が入っているらしく、塀も家の壁もあちこちひび割れができていた。

「ここ？」

玄関の門扉《もんぴ》には黄色と黒のロープが張られていた。そのロープに「金山《かなやま》不動産」という名前と電話番号が書かれた札がかけられてある。

「売りに出されているみたいだね」

門扉から見ただけではなにもわからない。表札が外されて、その部分だけ壁が白く浮き上がっていた。

「幽霊が出るのは家の中だよね……」

明石はそう言いながら門扉を引いてみた。鍵はかかっていないらしく、外側に開く。

「ちょっと入ってみようか、篠崎くん」

「不法侵入になりますよ」

「窓から中を覗くだけだよ」

明石はロープをくぐって玄関へ向かう石畳へと進んだ。瑛太も周りを見回し、誰もいないのを確認して後に続く。

「うん、玄関の鍵はかかっているみたい」

明石はしばらくドアノブをガチャガチャやっていたが、やがて諦《あきら》めたらしい。

「先生の力で開けることはできないんですか？」

瑛太が言うと明石は困ったように笑い、

「妖怪は万能ってわけじゃないよ」と答えた。

玄関から家に沿って右回りに進むと庭に出た。いくつかの常緑樹の茂みからひょろひょろと立ち枯れた雑草が伸びている。湿った落ち葉が敷きつめられた庭には色がない。

「ここの窓から中が見える」

長い縁側のある廊下の窓はカーテンもなく素通しで中が見えた。薄暗い部屋の中は家具のひとつもなく、がらんとしている。あまり荒れた雰囲気もなく、ただ、さびしい感じだけがした。

「ゆず、幽霊はいつ出るんだ?」

瑛太は懐の中の猫に聞いた。猫は瑛太を見上げて首をかしげたが、不意にくるっと顔を部屋に向ける。耳がぺたんと頭について、背中の毛が立ち上がった。

「え?」

「篠崎くん、あれ」

明石が小さな声で言って部屋の中を指さした。

「……!」

畳の部屋の中央になにかいた。最初、それがなにかはわからなかった。白いもやのような、影のような、あいまいなもの。ぞくっと背中が冷たくなる。ゆずの爪がトレーナーの胸に食い込んでくる。

やがてそれは氷が固まってくるように形となった。

二本の足と長めのスカート……女性の下半身だ。

その足は畳の部屋の中をゆっくり動いた。時々、立ち止まってはまた歩く。右へ左へと動き、やがて消えた。

「……」

消えたあともしばらく息を止めていたらしい。思い切り吐いた呼吸の音が大きすぎて、自分でびっくりした。

「でましたね」

「でたね」

明石と顔を見合わせる。ゆずがぶるぶる震えていた。

「もっと怖いものかと思ってましたけど」

「こちらには気づいてなかったみたいだね」

「なにをしていたんでしょうか」

「わからないねえ」

家の周りを歩いてみたが、中が見えるのはこの窓だけだった。

「どうしますか?」

玄関の前に戻り、瑛太は明石に聞いた。

「うーん」

明石はロープにかけられた不動産会社の札を見ている。

「この店に行ってみましょうか」

瑛太はうなずいてポケットからスマホを取り出した。


金山不動産はその家から再び荒川土手を戻って、最寄りの駅前にあった。雑居ビルの一階で、さほど大きくはない、町の不動産屋という風情。ガラス窓にたくさんの物件の資料がかけられ、室内が見えないくらいだ。

ドアを開けて入ると長いカウンターがあり、奥の方に座っていた男が立ち上がった。さっき瑛太がスマホで話をした森《もり》という営業のようだ。四角い顔に黒縁の眼鏡をかけて、愛想のいい笑みを浮かべていた。

「いらっしゃいませ、四丁目の中古住宅の件でいらした明石さまですね？」

「はいそうです」

森は近くまで寄ってくると笑顔を止めて瑛太と明石をいささか不躾《ぶしつけ》な視線で眺め回した。表情が不審げになる。まあ無理もない。一人は大学生だし、もう一人は長髪でアンティークなマント姿だ。しかもその下はどう見てもおばちゃんの重ね着のようで。

「あの、実は、こちらの明石先生は漫画家の方で、仕事場と住居として中古住宅を探してらっしゃるんです」

瑛太がそう言うと、森は納得したのか「ああ、」とうなずいた。漫画家が全員明石のような妙なファッションセンスだと思われたら困るな、とチラッと考える。

「なるほどなるほど。確かにあの家は築五〇年ですが、前の持ち主の方がなんどか手を入れてらしたのでまだしっかりしてますよ。まあ畳や壁紙は張り替えた方がいいでしょうけど」

カチッとスイッチが入ったように明るい笑顔に戻る。森は明石と瑛太にカウンターの椅子を勧めた。

「こちらがあの家の間取り図になります」

出してくれたA４の紙に二階建ての家の間取りが印刷されている。さっき庭から見えた幽霊の出た部屋は、八畳の和室だった。

「この家の内部を拝見したいのですが」

瑛太が言うと、森は笑顔をこわばらせた。

「えーっと、それは今すぐってことですか?」

「ええ、今日はお天気もいいですし、先生は急いで仕事場を見つけないといけないので」

森は目を泳がせた。

「ちょっと、待ってくださいね……」

そう言って奥のついたての向こうに消える。

「例の、四丁目のあれを……」と声が聞こえた。そのとたん、ついたての向こうがざわついた。

「え？　あそこ？」

「マジか」

「お、俺ですか？」

「いや、ちょうどいいじゃない」

「でも俺はあそこはちょっと……さんの方が」

「なに言ってんの、仕事でしょ、行ってよ」

詳しくはわからないがなんだか押しつけあっているような調子だ。

しばらくして森が悲壮な顔で出てきた。笑顔もない。

「わかりました、ではこちらの書類に必要事項をお書きください、そのあと車でご案内します……」

チラッと見ると奥の方で年配の社員が拝んでいる。まあ幽霊が出るような物件には誰しも行きたくはないだろう。

明石が書類を書き終わると森はため息をついた。

「じゃあ……行きますか」

土手を歩いて二〇分かかった道が、車ではあっという間だった。「例の物件」に到着すると、森は黄色と黒のロープを門扉から外した。はあっと大きく深呼吸する。

「では、入ります」

森は小さな銀色の鍵で玄関のドアを開けた。

玄関はあまり広くなく、明かり取りの窓から薄く日差しが入っているだけで、廊下の奥は暗かった。森はごくりとのどを鳴らすと、持ってきていたビニール袋からスリッパを三足取り出す。

パタン、と乾いた音が廊下に響いた。

「さ、どうぞ、入ってください」

森は先に立って廊下を進んだが、足音をわざと大きく鳴らしているようだ。

「庭も小さいですがありますしね、日当たりもまあまあ。これで一五〇〇万円台はお安いと思いますよ」

声も張り上げて、家中に響かせている。家は基本和式で、部屋のしきりは襖《ふすま》だった。ほとんどの部屋に畳が敷いてあり、庭を囲むように長い廊下がある。

「ここは空き家になってどのくらいなんですか？」

瑛太はオレンジ色のビニールコーティングが施された台所を見渡して言った。ステンレスの流しはお湯を流せばボコンと音をたてそうだ。造りからすると昭和三十年代あたりのものか。オレンジの床が細かい花模様になっているのも当時の流行のようだ。

「そうですね、一年はたってないですよ」

森は瑛太を促し、他の部屋を案内した。

「前の持ち主の方は？」

「ご病気で亡くなられたと聞いてます。この家は相続された息子さんが手放すことに決められたんです」

森と話していた瑛太は、明石がついてきていないことに気づいた。振り向いてみれば、明石は廊下にしゃがみこんでなにかをしている。

「先生？」

明石は柱を指先で撫でていた。

「ああ、すみません」

そばに戻ってきた瑛太に顔を寄せて囁《ささや》く。

「篠崎くん、幽霊について、あの人に聞いてみてくれない？」

「―――わかりました」

しゃがみこんでヒソヒソ言っている二人を不審に思ったのか、森が近寄ってくる。

「どうしたんですか？」

「あの、この家に幽霊が出るって聞いたんですが」

瑛太は森を振り向き、なんの前置きもなく切りだした。その言葉に森は不意打ちをくらったかのようにのけぞった。

「ど、どこで聞かれたんですか」

「いや、その、」

ここで見たんです、とは言えない。

「……ご近所の方です」

「そんなの根も葉もない噂ですよ」

「そうですかね」

今まで黙っていた明石が森に向かって言う。

「ではなぜ、台所や玄関に盛り塩がしてあるんですか？　それに居間や座敷の襖にこっそり御札が貼ってあるのを見つけましたよ」

「そ、それは」

「不動産屋さんは扱う物件に関してすべての情報を公開する義務があるんじゃないんですか？」

瑛太も森に迫った。不動産屋はあとずさって居間の襖に背をもたせかけた。そのとたん、

「うわあっ！」

襖が外れて森は派手に転倒した。

「大丈夫ですか！」

瑛太があわてて森を助け起こす。

「だ、だからここへは来たくなかったんだ」

森は腰を押さえながら呻《うめ》いた。

「他では言わないでくださいよ、お客さんのおっしゃるとおり、そういう噂はあります」

森は声をひそめて言った。明石も瑛太の隣にしゃがみ込み、耳を傾ける。

「この家に夜中、人の姿が見えるって言われましてね。一度は売れたんですが、キャンセルになっちゃったんです。だけど、もう大丈夫です。こんど、社長の知り合いの霊媒師さんが来て除霊してくれるそうなんです」

「除霊、ですか」

日常では使わないだろうという言葉がでてきて、瑛太はびっくりする。

「馬鹿馬鹿《ばかばか》しいと思われるかもしれませんが、まあ気休めですよ。除霊はあくまでわたしどものサービスです。それさえ行えばこの家も新品同様、きれいに住めます」

最後の方はなんだかやけくそ気味だった。

「幽霊っていうのは前の持ち主の方なんですかね？」

瑛太は家の中を見回した。一人で暮らすには広すぎる家。

「そんなのわたしどもにはわかりませんよ。でも持ち主の方はちゃんと病院で亡くなってらっしゃいますから、家に取り憑くなんてことないはずですけど」

森は自分のせいじゃない、と言いたげに唇を曲げた。

「とにかく、除霊しますから。だからご検討願いますよ、ね、一五〇〇万。ほんとおすすめの物件なんです」

明石と瑛太は森に送られて家の外に出た。振り返ればなんの変哲もない古い一軒家。真っ赤な椿が塀を越えて道路にまで花を落としている。

「除霊なんて漫画みたいな話になってきましたね」

「けれど不動産屋の方で除霊するなら、僕たちの出番はなさそうだね」

塀の上を灰色の猫が走ってきた。

「聞いていたかい？」

明石が声をかけると、猫のゆずは、ひょいと瑛太の肩の上に乗った。

「ちゃんと御祓《おはら》いしてくれるそうだよ。これで幽霊もいなくなる。でもそうなったらこの家は売りに出されて、君が住む場所もなくなってしまうけど」

「にゃあ」

ゆずは不満そうな声を出した。

「今のうちに新しい棲家を見つけておいた方がよさそうですね」

明石がそう言うと、ゆずは瑛太の肩の上から地面へ飛び下りた。太い尻尾を二本、左右にゆらゆらさせて二人を見上げる。ありがとうと言っているようにも、余計なお世話だと言っているようにも思える。

「今の世の中は妖怪には生きにくいと思いますが、せっかく猫又になれたのだから、その生を楽しんでください」

ゆずは尻尾で一度地面を叩くと、再び塀の上にあがった。そのまま振り向かずに走ってゆく。椿の木の中に入りこむと、赤いちゃんちゃんこは椿の花に紛れて見えなくなった。

「なんだかそっけない態度でしたね」

多少の寂しさを覚えて瑛太は呟く。

「篠崎くん、あそこ入らない？」

明石が指さしたのは「もんじゃ」と書かれたのれんの出ている店だ。

「昔から食べてみたくてね、つきあってくれると嬉しいな」

「いいですよ」

明石が嬉しそうに笑う。こんなことで喜ぶなら男二人だろうと、妖怪相手だろうと、遊園地に行ってやってもいいかな、と瑛太は思った。

三

ゆずが再び姿を見せたのは、二週間後の〆切日だった。カリカリカリとドアをひっかく音に瑛太が開けてみると、猫の姿のままのゆずが座っている。木枯らしの吹く寒い夜で、ゆずはぶるぶると体を震わせていた。

「ゆず、どうしたんだ」

猫は瑛太の足の間をすり抜けると、玄関からキッチンに上がった。くるりと前回りしたかと思うと、先日と同じ、灰色のセーターに赤いちゃんちゃんこの子供に変化する。

「あかしせんせ、除霊っていうのを止めてもらえんかの」

ゆずはぺたりと両手を床につき、頭をさげる。

「ゆずも幽霊が成仏できるんやったらそれでええと思ったんやけど、あのあと妖怪仲間にいろいろ聞いたらいかんと思た。除霊ゆうもんがどんなか知らんかったし。除霊は幽霊を成仏させるもんやない、消し飛ばしてしまうもんなんやそうです。ゆずはそんなことしたくないけん、頼みます」

「幽霊が出てくるのが困るということではなかったの？」

「それは困るんよね、出てきてもらったらだめなんよ。ちゃんとあの世とやらに行ってもらわんと、また戻ってこれんけん」

ゆずは必死な様子で原稿を描いている明石の足元で言いつのった。

「幽霊は悪いことせんけん、ただおるだけやし。そがいに消し飛ばされたら、かわいそうやし」

「まあ、そりゃあねえ」

「あかしせんせ、明日、その除霊する人間が来てしまうけん、ゆずと一緒に家まできてつかさい」

明石は原稿から目を離さず、首を振った。

「ゆずくん、見てわかると思うけど、僕は今、仕事中なんです。しかも今回はけっこうぎりぎりです。約束はできないよ」

「頼みます、頼みます、あかしせんせ。ゆず、お手伝いします、なんでもします」

ゆずは立ち上がると明石の椅子の周りをぐるぐると回る。

「確かに、猫の手も借りたいって言いますけどね……逆に猫の手ほど役に立たないものもないし」

「やらせてください、お願いします」

「明石先生……」

ちゃぶ台でベタを塗っていた瑛太が筆を止め、明石を見上げた。

「ここまで言っているんだから手伝ってもらったらどうですか？　それで原稿を朝一であげて、ゆずの家に行ってやりましょう」

「……にんげん」

ゆずはさっと瑛太の前に座り頭を畳につけた。

「ありがと、ありがと、ゆず、きっとお役に立つけん」

「俺の名前は篠崎瑛太だよ」

「しのざき、えーた」

ゆずは目をきらきらさせて瑛太を見つめた。ゆずの目は猫のときと同じ、キウイのようにきれいなグリーンで、真ん中に琥珀色の縦長の瞳孔がある。銀色のヒゲが照明を跳ね返して光っていた。

「篠崎くんは猫に優しいんだね」

「実家で猫を飼ってるんです」

瑛太はゆずの丸い頭を撫でた。ゆずはいやがらず、瑛太の掌に頭を押しつけてくる。

「母親がずっと猫飼いで。なので子供の頃から家に猫がいました。犬もいます。俺の最初の設計は犬小屋でした。動物は好きなんですよ、建築をやるか獣医になるか、高校の頃は迷ってました」

「えーたのうちの猫はメスやろ」

ゆずがくんくんと手の匂いを嗅ぎながら言う。

「え？　わかるのか？」

「撫でられたけんわかったんよ。えーたんちの猫も犬も、みんなママさんがいっとう好きやんな」

「そうなんだよ。うちで一番えらいと思われているのは母親。俺はたぶん、猫の下で犬のぎりぎり上かな」

「ちがうー、犬は自分が上やと思っとるな」

ゆずが笑い、瑛太も苦笑する。

「仕方ないねえ、篠崎くんにそう言われては」

明石は椅子を回してようやくこちらを向いた。

「ゆずくんにはなにをしてもらえばいいかな？」

「消しゴムかけは終わっているので、ベタを塗ってもらいます」

瑛太は原稿と筆ペンをゆずに渡した。

「ここに×印がついているだろ、この部分を筆で黒く塗る仕事だ。ベタっていうんだ、わかるか？」

ゆずはじっと原稿を見つめ、ゆっくりうなずいた。

「ゆず、やってみるわ」

瑛太はゆずのためにちゃぶ台の半分を空けてやった。ゆずは原稿を置くと筆を持ち、×印を睨む。やがて筆をちょいちょいと動かすと、「できた！」と叫んだ。

「え？　そんな早く？」

瑛太は驚いてゆずの原稿を覗く。するとゆずは×印を筆でなぞっていただけだった。

「ゆず、違う。この×印を中心に、外側の枠の中を塗るんだ」

「わくの、なか」

ゆずはもう一度うなずくと顔を原稿にくっつけるようにして筆を動かし出した。×印から塗り始めてだんだん広げてゆく。瑛太は心配になって見ていたが、注意深く丁寧に塗っているさまを見て、安心した。スピードはないが、なんとか役には立つだろう。瑛太は自分の作業に戻った。

「えーた、できた！」

ゆずが原稿を持ち上げて言う。瑛太は笑顔でその原稿を受け取ったが、次の瞬間、真っ青になった。

「ゆ、ゆず……」

ゆずはにっこり笑って小首をかしげる。

「上手にできた。ゆず、お役に立ったん？」

瑛太は立ち上がると明石の机の横に移動した。

「先生……」

「はい？」

「すみません……仕事を増やしてしまいました」

明石が振り向く。瑛太はゆずがベタを塗った原稿を渡した。

「……あちゃー……」

ゆずはベタの指定のあるコマ全体を人物や建物かまわず真っ黒に塗りつぶしてしまったのだ。

明石と瑛太が振り向いてゆずを見ると、猫又は自慢げに二人を見上げている。

「俺の説明が悪かったんです、ゆずを怒らないでください」

「まあ描き直せば済むんだけど」

明石は別な原稿に同じコマの下書きをいれ始めた。

「アナログにはアンドゥ機能がないですから、大変ですよね」

鉛筆でたちまち絵が再生されていくのを見ながら、瑛太が呟く。

「アンドゥ機能？」

「パソコンで絵を描くアプリがあるんですが、クリック一つで元の状態に戻せる機能です」

明石はぱっと顔をあげて瑛太を凝視する。

「そ、それはすごい妖術だね」

「いえ、技術です」

次に瑛太はゆずにトーンを渡してみた。もちろん細かい作業はさせられないので、おおまかに切って載せてゆくだけでいい。あとで瑛太がそれをきちんと絵にあわせて切り抜いていくつもりだった。

しかし、瑛太は気づくべきだった。ゆずがそもそも猫又であることに。

「えーた、できたよ」

「おう、今度は上手に……」

褒めようとした瑛太の言葉が消える。ゆずが寄越した原稿は、確かに指定どおりのトーンが載っていた。しかしそのトーンのすべてに、

——猫の毛が入っている……。

瑛太はゆずの尻からふさふさと伸びている尻尾を見た。灰色のたっぷりした毛並み。柔らかくしなやかで、暖かそうで、そしてそこらじゅうに毛が舞っている。

「うーん……」

結局トーンをはがして張りついている毛を取るという手間が増えてしまった。

「猫の手……最凶の役立たずでしたね」

瑛太の呟きにゆずがわっと泣きだす。

「篠崎くん、ほんとのことにしても容赦ないですね」

ゆずの泣き声が大きくなる。

「これやったらあかしせんせ、うちに来てくれんが。ゆずが役に立たんけん」

「大丈夫だよ、ゆず。明石先生はあれでも優しい妖怪だから、きっと原稿をあげておまえの家に行ってくれる」

「ほんとに」

「行かないよ」

明石がすっぱりと断ち切る。

「わーん、あかしせんせー」

「先生、コーヒーいれましょう」

瑛太は立ち上がった。必死なゆずを見ているとなんとかしてやりたいと思う。明石の原稿が危ないのはいつものことだ。間に合わないかも、と言っているが、きっと今回も大丈夫だ。コーヒーの香りで明石の気分を和らげ、ゆずの話を聞いてもらおう。

「大体、ゆずくんはどうしてそんなに幽霊の心配をするんだい。除霊してもらってさっぱりすればいいじゃないか」

明石はゆずがだめにしたコマのペン入れをし直しながら言った。

「それは、だって、……幽霊だってゆずたちとおんなじ、人間と違うもんやから……仲間みたいなもんやけん……」

ゆずはもごもごと言い訳のように言う。

「妖怪と幽霊は違うような気もしますけどねえ」

明石は軽く首を振る。

瑛太はマグカップにコーヒーをいれ、明石のテーブルに置いた。ゆずには牛乳を温め、茶碗で出す。明石はカップを手にとり、一口飲んだ。

「あー、相変わらずおいしいねえ。最近は篠崎くんのコーヒーを飲むのがとても楽しみなんだよ」

「ありがとうございます」

キッチンのコンロの上には瑛太の買った新品のケトルが置いてある。これで最初にコーヒーをいれたとき、明石は感激のあまり目を潤ませたほどだった。

「ちょっとだけ休憩にしよう」

明石は椅子に背をもたせかけ、伸びをする。瑛太もコーヒーを持って畳にあぐらをかいた。ゆずは瑛太がいれてくれたミルクを両手で持って、ぺちょぺちょと舐めている。

「ゆずくん。幽霊のことに関してだけど、君は僕たちに話していないことがあるんじゃないかな？」

明石の言葉に、ゆずは、はっと顔をあげたが、すぐにうつむいてもじもじした。

「そがいなこと……」

「そもそも君の名前は誰がつけたものなんだい？」

「……」

明石はカップを両手に持ち、椅子から身を乗り出した。

「妖怪が自分で名前をつけることはないよね。僕の名前も人間につけてもらったものだ。君にもそういう人がいたんじゃないかな？」

「ゆずは……」

瑛太はその言葉に、明石が前に正体を明かしたのは自分で四人目だと言ったことを思い出した。彼の名前をつけたのは、明石の正体を知る三人のうち、誰かだったのだろうか？

「僕はあの家の中で柱についた傷を見つけました。それは猫がひっかいた痕でしたよ。あの家には猫がいた。もしかしたら君は元々あの家に住んでいたんじゃないのかな」

瑛太は廊下でしゃがみこんで柱を見ていた明石のことを思い出した。あのとき、爪痕を見つけていたのか。

「じゃあゆずは飼い猫ってことですか」

瑛太は椿の家を思い出していた。塀の外の道にまでこぼれていた赤い花。

「じゃああの足だけの幽霊って……まさかお前の飼い主なのか？」

瑛太は思わずゆずの顔を見た。

ゆずは銀色のヒゲをぶるぶると震わせていたが、ぱっとちゃぶ台から離れると、畳の上に額を押しつけた。

「すんません、あかしせんせー！　ゆず、うそついとった！」

ゆずは悲痛な声で叫んだ。

「あの家はあかしせんせの言うとおり、ゆずのおうちなんよ！」

「君はあの家で飼われていた猫なんだね」

「はいです……」

瑛太と明石は顔を見合わせた。

「なんでそれを言わなかったんだよ」

思わず責めるような口調になった瑛太に、ゆずの頭の上にある、小さな三角の耳がぺたんと折れてしまう。

「猫又がもとは飼い猫やったなんてお恥ずかしいけん……」

「恥ずかしくはないでしょう」

明石が呆《あき》れた様子で言うのに、ゆずは何度も拳でヒゲを撫でた。

「恥ずかしくないですかの？　あったかい部屋とおいしいごはんをもろてぬくぬく暮らしとった飼い猫が、猫の憧れ、万能の妖怪猫又になるなんて。猫又はそもそもご主人の仇を討つとか、恨みを抱いて死んだもんがなるもんやけん」

明石は笑いだした。

「君は古い映画や怪談ドラマの見すぎだね」

「古い映画はハナヨが好きやったけん……」

ハナヨ――どっかで聞いたな、と瑛太が思っていると、明石が答えをくれた。

「そのちゃんちゃんこをくれた人だね」

「あい、ハナヨはゆずの最後のご主人やった。ゆず、いう名前もくれたんよ」

ゆずは自分のちゃんちゃんこの紐をひっぱりながら言った。

「ずっとずっと一緒におりました。ハナヨの子供が結婚して家を出て、一人暮らしになったとき、ゆずは拾ってもろたんよ。名前もそんときにつけてもろたんよ」

「君のその言葉はハナヨさんに教えてもらったんですか？」

「あい、ハナヨは伊予《いよ》の生まれやゆうとりました。よーけよーけ、おしゃべりしてもろたんよ」

　ゆずの緑の目が潤む。

「ゆずくんはハナヨさんを成仏させてあげたいんだね」

「あい……」

　そう言うとゆずはぽたぽたと大粒の涙をこぼした。

「ハナヨがあそこにおるゆうことは、迷っとるいうことよ。ハナヨはホトケさんになってくれんと。なのに消し飛ばされてしもたらかわいそうよ」

「ゆずくんが猫又になったのはハナヨさんが亡くなったあとなのかい？」

　ゆずは大きくうなずいた。

「ハナヨ、おらんようになって、ゆずはおうちを出されてしもた。なんべんもおうちにはいろうとしたけどハナヨの息子が鍵をかけとって、はいれんかった。ゆずはお庭でハナヨを待ってたんよ。寒うて、おなかすいて、寒うて、おなかすいて……」

「うわあ、もうやめてくれ！」

　瑛太が耳を塞ぐ。

「俺、こういう話だめなんですよ！　子供と動物は反則です！」

「ゆずくんが猫又になったのは、ハナヨさんに心を残していたからなんですね。強い執着が君を転生の輪から外してしまった」

ゆずは顔を覆うと畳につっぷした。

「ゆず、泣くなよ。おまえの本性が年寄りの化け猫だったとしても、そんな子供の姿で泣かれたらこっちがつらい」

瑛太が情けない声をあげると、明石がおもしろそうに言った。

「篠崎くんはろりこんってやつなの？」

「はぁ？」

「見た目が子供なら中身がカワウソだろうと猫又だろうと……、あ、もしかしてケモ耳に弱いフレンズだったんだね」

「フレンズ？」

「あ、知らないなら別にいい」

明石はあわてた様子で手を振った。

「前にも言いましたが、大体の人間は子供に泣かれたら困るんですよ」

「まあ、でもね、実際問題として、明日までに原稿があがらなければ僕はなにもできないよ」

「頑張ります」

瑛太はつっぷしているゆずの肩を動かした。

「おい、おまえもいいかげん顔をあげて……」

——寝てる。

ゆずはつっぷしたまま幸せそうな顔でかーかーと寝息をたてている。

「この野郎……」

そのゆずの前を小さなトカゲのような雑鬼が横切ろうとした。とたんに寝ていたはずのゆずの手が伸びてその雑鬼をかっさらう。黒い手袋に包まれたゆずの指先には、鋭く長い爪が飛び出していて、トカゲの胴体をぶっすりと刺していた。

「なんや……ザコかいな」

ゆずは呟くとねぼけた顔のままで、その雑鬼をぱくりと口の中に入れた。

「うわ、ゆず、おまえ！」

思わず瑛太が叫ぶと、ゆずは起き上がり、きょとんとした顔で瑛太を見上げた。

「どしたん、えーた」

顔を近づける。瑛太はばたばたと手を振った。

「やめろ近寄るな、口の中でなんか動いてるぞ！」

「ん——ん？」

ゆずはごくりと雑鬼を飲み込むと、ぺろりと口の周りを舌で舐めた。

「……おまえ、そんなの食べて大丈夫か」

瑛太が呆れて言うと、ゆずは手の甲で顔を擦りながら、

「うん、おいしい。ここのはよう味がついててうまいんよ」

それを聞いて、瑛太はぱん、と手を叩いた。

「そうか、ゆず、おまえにもできる仕事がある」

「え、ほんま?」

ゆずが緑の目を開いて立ち上がった。瑛太は両手を広げて部屋の中を示し、

「この部屋に出る雑鬼を退治してくれ。捕まえたら食べていいから」

「え……そがいなことでええの?」

ゆずがきょろきょろとあたりを見回す。

「ああ、雑鬼がちょろちょろしてると気が散るし、時々びっくりして失敗するからいなくなってくれた方がいい。先生、どうですか?」

瑛太に聞かれ、明石は背中で答えた。

「あー……。僕は別に気にならないけど、篠崎くんが気になって仕事ができないというならかまわないよ」

瑛太は「よしっ」と胸の前で拳を作り、ゆずを振り向いた。

「聞いたか、ゆず。じゃあ、おまえの仕事は雑鬼退治だ。俺や明石先生の迷惑にならないよう、静かに素早く捕まえてくれ」

「わかったー! ゆず、今度こそお役に立つけん!」

ゆずはそう言うとさっと手を振った。たちまちその爪の先に二匹の羽虫のようなものが捕まえられている。

「お、すごいぞ、ゆず」

「え――へへぇ」

褒められてゆずは照れくさそうに笑った。そのあとのゆずの仕事っぷりときたら、凄かった。本当に音もなく、静かに素早い動きで雑鬼を片づけてゆく。

ときにはゆずが蹴ったせいでトーンが舞い散ることもあったが、目に見えて雑鬼が少なくなり、瑛太は安心して作業に取り組むことができた。

もう雑鬼が入り込んで溺《おぼ》れているコーヒーを飲むことも、間違えて雑鬼ごと消しゴムをかけることもない。なによりちょろちょろ手元を走られ、苛つくこともなくなった。

あとはアシストの時間を早めて、明石先生に朝までに原稿をあげてもらえばいい。

瑛太は原稿に集中し、ゆずは雑鬼を次々と片づける。

明石はそんな二人をこっそりと見やって、軽くため息をつきながら時計で時間を確認した。

「じゃあ僕も頑張って原稿をあげますかね」

明石のペンが走る。夜明けのゴールに向かって。

四

翌朝、朝食をとる間も惜しんで原稿を完成させた。予約していたバイク便に原稿を渡すと、部屋の中は安堵《あんど》のため息で満たされた。

「ゆず、それで除霊は何時開始なんだ」

「午前中ゆうとったよ」

ゆずも眠たそうだ。だが、ふらふらしながらも立っている。

「はよう行って。れーばいし、退治して」

「わかったよ。篠崎くん、君も来てくれますか?」

「もちろんです」

瑛太はジャケットに袖《そで》を通した。明石も着物を着て黒いマントを肩に羽織る。あちこちについているトーンの切れ端にさえ目をつぶれば、すらりと立った姿は見とれるほど絵になる。

「行きましょう」

明石はぐるりとマフラーを巻き、部屋を出た。瑛太とゆずもそのあとを追う。外は曇天のため、午前中とは思えないほど暗い。風は湿気をはらみ、今にもしずくが落ちてきそうだ。

「雨になるかもしれないね」

明石は空を見上げて言った。明石と手をつないでいるゆずは、マントの裾に顔を寄せる。

「雨はきらいよ……おにわにおるとき、ずっと雨が降ってたんよ。冷とうて寒うて、死ぬかと思ったんよ」

「いや、おまえ、死んでるんだよな」

「あ、ほうか」

ゆずは照れくさげに笑った。

「でも先生、なにかアイデアはあるんですか？　霊媒師という人を本当に退治？　するんですか」

「まさか。僕は暴力はきらいだよ。平和的に退出していただきます」

「どんな方法で……」

「まあ、とりあえずは霊媒師さんに会わないとね。不動産屋さんがいなければいいんだけど」

椿の家につくと、玄関の前に、先日見た不動産屋の車が停まっていた。車の中では森が運転席に座り、誰かと携帯で話をしている。

「いますね」

「いるね、でも霊媒師さんはいない。もう中に入ったのかな……」

「ゆず、見てこようか?」

ゆずはそう言うと地面に手を突いてくるりと前に回った。とたんに灰色の長毛猫の姿になる。身を低くして塀を見上げると、ひょいとその体が塀の上に乗った。

「おお、身軽なもんですね」

ゆずは得意げに鼻をつんと上に向けると、さっと塀の内側に消えた。

しばらく待っていると、再びゆずが顔を出した。

「どうですか? 中にいますか?」

明石が聞くとゆずはうなずいた。

「一人ですか?」

もう一度うなずく。明石は瑛太を見て親指を立てて見せた。

「じゃあ行こう」

「玄関からは入れませんよ」

「うん、勝手口に行こう」

前回来たときに場所は確認してある。塀に沿って裏に回るとアルミ製の小さなドアがあった。

明石がドアノブを掴むと、がちゃり、と抵抗がある。

「やっぱり鍵がかかってるか……なんとかならないかな、漫画なんかじゃ針金でどうにかできるんだけど、試してみようか……」

「ちょっといいですか」

瑛太は明石の横からドアノブに触れて二、三度回した。

「ああ、これならたぶん、俺が開けられます」

「え、ほんと？」

瑛太はジャケットを脱ぐとそれをドアノブにかぶせ、ぐるぐると巻いた。

「あとは手頃な石……」

「これでいいかな」

明石が自分の頭ほどもある石を持ち上げる。

「はい、ありがとうございます」

瑛太はその石を両手で持つと、「ふっ」と息を吐いて、ドアノブに叩きつけた。ドンッという鈍い音に重なって、ボコンッと軽い金属音がした。

「開きました」

ジャケットをはずしてノブを回すと簡単にドアが開く。

「え？　これ妖術？」

「ちがいます」

瑛太はドアノブを手で叩いた。

「これは円筒錠と言います。一方からの衝撃で、簡単に内部のクラッチが外れます」

「すごい、君、妖怪より万能じゃない。泥棒になれるね」

「このタイプは昭和三十年代に流行ったものなんです。最近のドアはこんな簡単な造りじゃありませんから無理ですよ」

瑛太は笑いもせず、真面目な顔で言う。

「それも建築学科の素養なの？」

「まあ一般教養ですね……うそですよ、信じないでください」

瑛太は開いたドアから体を入れた。勝手口と言うだけあってすぐに台所につながっている。先日見たオレンジ色のビニールの床は、歩くとペタペタと音がした。

「ゆずくん、家の中のどこに人がいるかわかる？」

ゆずは尻尾を振ってたたっと台所を出た。廊下の角で止まると明石たちを振りかえる。

「僕が行きましょう、僕なら気づかれませんから」

明石が言う。そういえば、前もそんなことを言っていた。明石も妖怪だと言うが、誰にも気づかれない妖怪というのがいるのだろうか？

明石がゆずのあとをついていく。瑛太は台所で待機した。自分の力が必要なら、必ず明石は呼ぶだろう。

しばらく待っているとゆずが戻ってきた。今は人間の姿をしている。

「どうなった？」

「明石せんせーがれーばいしと話しとる」

「話？」

わけを話して帰ってもらうつもりなのだろうか？

「えーたに来てって」

「わかった」

ゆずについていくと廊下の窓の向こうで雨が降り始めた。汚れて曇ったガラスの外には、先日侵入した荒れた庭が見える。

「ゆずはあそこで死んだんよ」

緑色の目がビー玉のように虚《うつ》ろに光る。ゆずが見ているのは紫蘭の黒ずんだ葉が群れている隅の方だった。そこだけ不思議なことに落ち葉がない。

「ハナヨがどこいったんかわからんで、ずっと待っとった。庭におったらいつもハナヨがこの窓開けてくれたから」

雨の降る庭で灰色の猫がにゃあにゃあと鳴く。ガラス窓は固く閉ざされている。いつもならすぐに開いて、優しい声と手で呼んでくれるのに。呼んでも鳴いても窓は開かない。カリカリと引っかいて、後ろ足で立ち上がって、窓の中を覗いても誰もいない。

――誰もいない……。

「……そうか」

「雨はきらいよ」

屋根に雨の落ちる音、庭に雫が跳ねる音。灰色の空から落ちてくる灰色の雨。この家を包んで灰色に染めてしまうのだろう。

廊下の向こうには階段があり、明石と霊媒師は二階にいるようだった。ゆずと一緒に階上にあがると廊下の右側に二つのドアがあった。そのうちのひとつが半開きになっている。

「ここよ」

ゆずが半開きのドアを押し開けると、部屋の中には明石ともう一人、白い着物を着た中年の男が座っていた。手と足に脚絆《きゃはん》を巻き、白い頭陀袋《ずだぶくろ》を首からさげて、頭には白い布を巻いている。布は左右をみずらのように結んであって、なんとなく滝に打たれる修行の人みたいな印象だな、と瑛太は思った。

男は正座をしてうつむいている。目を閉じて、まるで眠っているようだ。

「やあ、篠崎くん」

明石が明るい顔で振り向いた。

「お話は終わったんですか？」

「うん、この人には除霊は成功したという記憶をつくって帰ってもらうつもりなんだ」

「記憶を……つくる？」

「ちょっとかっこいい夢を見てもらってる。巨大な力を持った悪霊と死闘を演じ、ぎりぎりのところで隠されていた真の力が目覚めて霊を一撃のうちに消滅！」

「なんですか、その少年漫画みたいな演出」

「少年漫画家だもの、仕方ないだろ……あ、起きそうだ。隠れて」

明石に手を振られ、瑛太は隣の部屋に駆け込んだ。後ろからゆずと明石もついてくる。

「うおおおおっ！」

隣室から雄叫《おたけ》びが聞こえた。バンッと勢いよくドアが開き、ドドドッと階段を駆け下りる音。

「威勢がいいですね」

「夢の興奮が続いているんだろう」

「でもなんで成功の記憶にしたんですか？　失敗の方が家は売れずにゆずが住み続けられるじゃないですか」

「失敗にするとまた何度も霊媒師が来るだろうし、最悪、家が壊される可能性がある。成功させても、元幽霊屋敷ならそうそう買い手はつかないと思ってね……あ、見て見て」

部屋の窓辺に寄った明石が呼ぶ。窓から下を見ると、家から出てきた霊媒師が手を振り回して不動産屋になにか話している。成功の報告をしているのだろう。不動産屋が満面の笑みになり、何度も頭をさげている。

二人が大喜びの体《てい》で車に乗り込んだのを見送った明石は、くるっと振り向いて両手をパンッとあわせた。

「よし、成功。居間に移動しよう」

居間の畳の上にもうっすらとほこりが積もっている。家具類は全部運び出されているので、畳の上に残る跡だけが、かつてここに生活があったことを示していた。

「あとはハナヨさんが出てくるのを待つだけだけど」

ゆずは明石のマントにすがりついてガタガタ震えている。瑛太はそんなゆずを見やり、

「幽霊はおまえの飼い主だろ。それでもやっぱり怖いのか」

「そんなんやないんよ……」

ゆずはこわばった顔をあげると、

「ハナヨは——ハナヨはきっとゆずを恨んどるんよ」と思いがけないことを言った。

「なんで？」

ゆずの目から涙が一粒、ぽろりとこぼれた。

「ゆず、ハナヨが倒れた日、お外に遊びに出てたんよ。帰って来たら、ハナヨはもう病院に運ばれとった。ゆずはハナヨに会えんかった。ハナヨは……大変なときにそばにおらんかったゆずのこと、きっと恨んどるんよ」

「そんなことありませんよ」

明石が優しく言った。

「そのとき君がいてもなにもできなかったでしょう？」

慰めているつもりなんだろうが、それはゆずに追い打ちをかけるだけの言葉だ。明石は優しいがどうもピントがずれている、と瑛太は思う。

ポタリポタリとほこりだらけの畳の上にゆずの涙が落ちる。

「そんなことない。ハナヨがおなか痛いとき、ゆずはハナヨの顔、なめなめして、おなかにくっついてあっためるんよ。ハナヨ、いっつもそれで、あー、らくになったーって言うもん。ゆずはハナヨのお役に立つもん」

ゆずは拳で顔をぐりぐり擦った。

「なんでゆずはいっつもこうなんかな……ハナヨにごはんもろて、あったかくしてもろて、いっつも撫でてもらってたのに、できることは心配させたり迷惑かけたり……」

「ゆず、あのなあ」

瑛太はしゃがみこんでゆずのふわふわした丸い頭を撫でた。

「うちのお袋もよく言うけど、人間はなあ、猫になんかしてもらおうなんて思ってないよ。猫も犬も……たぶん鳥だって魚だって、人間が大事にしている動物に望むことはたったひとつなんだ」

「……たった、ひとつ？　それって……なぁに？」

「元気でいてくれることだよ」

ゆずはひゅっと息を呑み、目を見開いた。

「うう――……」

その目からぽたぽたと大粒の涙がこぼれ落ちる。

「そんなん……そんなん……」

「なあ、ゆずはハナヨさんにかわいいかわいいって言ってもらってただろ？」

瑛太の言葉にゆずはコクリとうなずく。

「それでいいんだよ。おまえたちはそれで充分なんだ。そういうの、おまえたちにしかできないんだから。人間はな、かわいいだけじゃだめだけど、おまえたちはそれでいいんだ」

「わーん、えーたーぁあああ！」

　ゆずは瑛太にしがみついてわんわん泣いた。上下する赤いちゃんちゃんこを優しく撫でるといっそう泣き声が大きくなる。

「僕も知らなかったよ」

　明石が呟く。

「人間はみんな見返りを求めるものだと思っていたから」

「猫や犬に見返り求めてどうするんです」

「それはそうだけど……いや、君といると勉強になるなあ」

　明石はしきりに関心している。

「たぶん、ペットという存在は、そばにいるだけでなにかを与えてくれているんです」

「そうだったんだ。僕もなにか動物を飼ってみればわかったのかな。今からでもなにか飼おうかな」

「……ペットを飼うと、食事や排泄の世話や遊んであげなきゃいけないですけど」

「あ、無理だ」

　あっさりと答える。だろうな、と思っていたのでつっこみはしなかった。

　ザーッと雨の音が急に大きくなった。バラバラバラバラとスレート屋根を叩く雨音が激しい。

「……っ！」

ゆずがのどの奥で息を吸い込んだ。三角の耳がぱたっと後ろに倒れ、二本の灰色の尻尾がぼんっと膨れ上がる。

「ゆず？」

「……きた、ハナヨ」

ゆずは立ち上がり、部屋の入口をじっと見つめる。明石と瑛太も見た。下半分がガラスになっている雪見障子の向こうに、女性の下半身が立っていた。

膝までの茶色いスカート、足元には紅梅色の分厚い靴下。水色の縞のエプロンもはっきり見える。

「また足だけだ」

「しっ」

瑛太の口を明石が塞ぐ。ハナヨさんの足はゆっくりとこちらに向き直ると、そのまま障子をすり抜けてきた。

「……」

やがてぼんやりと上半身も形になってきた。伸びたり縮んだりしていた影の揺れが止まり、厚みと色がついてくる。

八〇代くらいだろうか、短く切った髪は灰色で、眼鏡をかけている。ひよこ色の暖かそうなカーディガンを着ていて、幽霊らしくなかった。

ハナヨさんは部屋の中央まで来ると周りをきょろきょろ見回す。そして困ったように頬に手を当てると、部屋を出ていった。

「ついていきましょう」

明石が促す。三人は廊下を進むハナヨさんのあとをついていった。

ハナヨさんは隣の部屋に入ると畳の上に膝と手をついて、頭をさげた。

「あれは……」

「あそこにはハナヨのベッドがあったんよ。ハナヨはベッドの下にゆずがおらんか見とるんよ」

ハナヨさんは立ち上がるとなにかを開けるような仕種をする。

「あそこにもなにかあったんですか?」

明石が小声で聞くと、ゆずはうなずいて、

「たんすがあったん。ゆずが時々入っとったけん」

そのあとも、ハナヨさんは窓のそばへ行きカーテンを開けてまた閉め、ソファの後ろを覗くような仕種をした。カーテンもソファもうここにはないが、彼女には見えているのだろう。

「ハナヨ……ハナヨ……もうやめて……。ゆずはそこにはおらんのよ」

ゆずが泣きそうな声で呼びかけても、ハナヨさんは振り向かない。

「ハナヨ、ごめんなさい。ゆずがおらんでごめんなさい……」

ハナヨさんは一心にゆずを探す。ゆずは懸命に呼びかける。けれど、気づいてもらえない。

「明石先生、どうしてなんですか。なぜ、ハナヨさんはゆずの声が聞こえないんですか」

「きっと幽霊のハナヨさんには、妖怪になってしまったゆずくんが認識できないんですね」

ゆずは明石の足を拳で叩いた。

「せっかく、せっかく人間の姿になってハナヨとお話しできると思ったのに……！　こんなんやったらゆずは猫又になんかなりたくなかった！　ハナヨと一緒に死んでしまえばよかったんや！」

「ゆずくん……」

「ハナヨが、ハナヨがかわいそうや……ずっとゆずを探して……ずっとこの家におって……せんせー、なんとかしてやってつかさい、ゆず、なんでもします、なんでもしますから」

ハナヨさんの細い後ろ姿。あっちへ行き、こっちへ行き、ときおり唇が動いているのはゆずの名前を呼んでいるのかもしれない。

ゆず　ゆず　どこにおるの

ゆず　ゆず　ごはんだよ
おしっこしたの　おみずをかえようね　ほら、おかかだよ
ゆず　ゆず　おいでおいで
そんなとこにのぼっちゃあかんよ　あぶないよ
ゆず、ゆず　どこにおるの……

声が聞こえる気がする。この家に何十年もしみこんだ、ハナヨさんのゆずを呼ぶ声。

「明石先生、なんとか、してください」

瑛太は明石のマントの襟首を掴んだ。

「俺は子供にも動物にも弱いんですが、おばあさんにも弱いんです」

「君は弱いものがいっぱいあるねえ」

「俺はそういう人間なんです」

歯を食いしばり睨みつけているのは涙をこらえるためだ。明石はそんな瑛太の顔を見ていたが、やがて雪がとけるような温かな笑みを浮かべた。

「篠崎くんに頼まれちゃあね」

そう言うと鞄から原稿用紙を一枚、それと墨汁の容器を出した。

「ゆずくんからハナヨさんが君を探していると聞いて思いついたんだ。妖怪になった君を認識できないなら、妖怪になる前の君を見つけてもらえばいい」

「どうやって……」

明石は瑛太の問いには答えず、ゆずの正面に膝をついた。

「ゆずくん、君はハナヨさんのためになんでもするって言ったね」

「いいました」

「では君の尻尾を一本いただきますよ」

明石はそう言うとゆずの尻尾を左手で掴んだ。

「えっ！」

「先生⁉」

明石の右手がさっとつけねを撫でる、と、尻尾が一本明石の手の中にあった。

「ぎゃんっ」

ゆずが飛び上がり瑛太の胸にぶつかる。瑛太はゆずを抱いて、あわてて尻を見た。だが出血している様子はない。

「ゆ、ゆず、大丈夫か？」

「だ、だいじょうぶ。びっくりしただけやけん」

ゆずはぴくぴくと残った尻尾を動かした。

一方、明石はゆずを気づかう様子もなく、畳の上に紙を置いた。墨汁のふたを開けると、その中に手に持ったゆずの尻尾を浸した。白い尻尾の先がたちまち黒く染まる。それを指先で整え、筆の形にする。

「……」

明石はしばらく紙を睨んでいたが、やがてその上に尻尾でつくった筆を走らせた。柔らかな曲線、力強い太い線、しなやかな細い線、いくつもの線がたちまちそこに絵を作り上げる。一筆ごとに尻尾は紙に溶け込むように短くなっていった。

「それって……」

ゆずが涙のにじんだ目を丸く開いた。

白い紙の上に一匹の猫が描かれていた。灰色の長毛、額はハチワレ。白い足袋を履いたような足、ピンと張ったヒゲ、上を向くまん丸な瞳。お手製のちゃんちゃんこを着てすました顔で見上げている。

「それ、ゆず？」

明石はその絵をハナヨさんが立っている部屋の畳の上に置いた。途方にくれた様子のハナヨさんの目線が下を向く。次の瞬間、ハナヨさんの顔がぱあっと輝いた。

――ゆず。

ハナヨさんの柔らかな声が急にはっきりと聞こえた。瑛太は思わず自分の耳に触れた。

――ゆず、そこにおったの。

ハナヨさんは手を伸ばす。すると絵からふわりと猫の姿が浮き上がり、ハナヨさんの腕の中に飛び込んだ。

「あ、……」

ゆずが飛び出そうとするのを瑛太が止める。ハナヨさんはその猫に顔を埋《うず》め嬉しそうに笑った。

——よかった、ゆず。ごめんねえ、おまえを置いていってしもてごめんねえ。迎えに来たんよ、一緒に行こうなあ。

「ハナヨ……怒っとらんの？　ゆず、ハナヨになんもできんかったのに」

瑛太の腕の中でゆずが呟く。ハナヨさんはそのゆずには気づかず、自分が抱いている猫に話しかける。

——ゆず、ゆず。かわいいねえ、大好きよ。ずっとずっと一緒におってねえ。

「ハナヨさんはおまえを恨んでなんかいないよ。おまえが心配でここに探しに来ていたんだ」

瑛太がゆずの頭に手を乗せた。

ゆずを抱いたハナヨさんの姿が薄くなってゆく。穏やかに優しい顔をした老婆が嬉しそうに猫に頬をすりよせた。

バリッとゆずが掴まえていた瑛太の手に爪を立て、ハナヨさんの元に飛び出していく。

「ハナヨ……ハナヨ……いかんで……待って、ゆずはこっちよ、ずっと待っとったんよ！」

老婆の足元にゆずがまとわりつく。爪がはかなくハナヨさんの体をすり抜けた。

「ハナヨ、ゆずよ、いやや、いかんとって……おねがい、おねがいよお……」

成仏させてと言ったくせに、ゆずは悲痛な声でハナヨさんを引き止めようとする。だが幸せそうな老婆と猫は、やがて一緒に消えてしまった。あとに残ったのはなにも描かれていない白い紙だけ。

「うっ、うっ、うえええ――……」

ゆずは瑛太の胸に飛びついて泣いた。ゆずの涙がセーターに沁みてゆく。震える小さな背中を瑛太は何度も撫でた。

「これでよかったんだよ、ハナヨさんは成仏できた。おまえにも会えた。な、ハナヨさんは幸せに逝けたんだ。ゆず、おまえ、えらかったよ。いい子だったよ。ハナヨさんはずっとずっとおまえが好きだよ」

泣いて泣いて、泣き溶けてしまうんじゃないかと思うほど泣くゆずがかわいそうで、瑛太も涙を浮かべながら声をかけ続けた。

その横で明石は――

畳の上の白紙を手にとり、首をかしげている。

「うーん、絵がなくなるとは思わなかったな。渾身の作だったのに残念です。コピーしておけばよかった……」

勝手口から外へ出ると、雨があがっていた。雲は散って青い空が見えている。窓から見た風景は灰色一色だったのに、今は隣の家も道路の街路樹にも、きれいな色がついていた。椿の花はいよいよ赤く、鮮やかに、しずくをまとって輝いている。

「ハナヨ、成仏できたんかな」

ゆずは青空を眩しげに見上げた。

「きっと大丈夫ですよ。心残りがなくなったんだから」

明石はまだ残念そうに白紙を見ている。

「ハナヨと一緒に逝った猫はなんやったん？」

「あれはもちろん君ですよ。猫として死んだ君。妖怪になる前の君です」

明石は紙を畳んで言った。

「んー……んん？」

ゆずは納得いかない顔で首をひねっている。

「ゆずはここにおるのに……あんなん、ゆずのにせもんやない。結局ハナヨにはゆずがおるのわかってもらえんかった……」

「ハナヨさんを成仏させたいっていう、おまえの願いは叶ったんだからいいじゃないか」

瑛太はゆずの頭を叩いた。ゆずは両手をあげて瑛太の手を払いのける。

「さっきから気安くさわるなや。ゆずはこれでも猫又なんやから、人間は怖がるもんなんやろ」

「いや、そうは言ってもなあ」

猫耳のついた小さな男の子にしか見えないのでは、怖がるのもむずかしい。

「それよりおまえ、尻尾が一本なくなって大丈夫なのか、猫又として」

「別に痛くもないし、力が出ん、ゆうこともない」

「でも、一本なくなったんだからなあ……なんか影響はないんですか、明石先生」

明石はマントの内側から小さくなったゆずの尻尾を取り出した。先っぽはまだ墨がついたままだ。

「影響というか、まあしばらく成長はできないでしょうね。また生えてくるまで」

「成長できないって、おっきくなれん、ゆうこと?」

「また生えてくるんですか?」

ゆずと瑛太が別々なところでつっこんだ。明石はゆずの尻尾をぴこぴこと動かし、二人に笑いかけた。

「僕は猫又の専門家じゃないからよくわかりませんが、今、ゆずくんに差し障りがなければ大丈夫でしょう。これでハナヨさんも成仏できたし、もうしばらくはゆずくんもここに棲むことができますよ。まあ、家が売れて新しい持ち主のものになったら出なければいけませんが」

　ゆずは塀の前で明石と瑛太に頭をさげた。

「ほんとうに世話になりました。あかしせんせ、えーた、ありがとさんです」

「またなにか困ったことがあったらアパートに来いよ」

　瑛太の言葉に明石が苦い顔をする。

「面倒ごとは困りますよ。僕はボランティアじゃありませんからね」

「えっと、ゆず、なんもお支払いするもんがないけん……」

　ゆずが困った顔をしたが、明石は彼の尻尾をもう一度振った。

「これをもらっておきますよ。猫の絵を描く他にもなにかに使えるかもしれません」

「はあ、そがいなもんでよければ」

　ゆずはずっとずっと長い間、塀の前で二人を見送ってくれていた。

終

「で、なんでまたおまえがここにいるんだ？」

瑛太は、明石のアパートのちゃぶ台の前に、ちゃっかりと座っているゆずに言った。

一週間後、アシスタントに来たら猫又がいたのだ。

「もうあの家、売れてしまったのか？」

「そんなんやないんやけど」

ゆずは照れくさそうに笑った。

「ハナヨがおらんようになったけん、あそこに一人でおってもつまらんし」

ゆずはちゃぶ台の上を通っていく雑鬼をさっと手で払って言った。爪にしっかりとなにかが刺さっている。

「ここやったら食べ物もあるし、あったかいし……それにゆず、あかしせんせみたいな妖怪を助ける立派な妖怪になりたいんよ」

「明石先生みたいな？」

「そーよ、やけん弟子入りしたんよ。ゆずはあかしせんせの弟子よ」

ゆずはふんぞりかえって言った。

「先生、いいんですか？」

瑛太は机に顔を伏せるようにして原稿を描いている明石に言う。

「はい、僕も人間に倣《なら》ってペットを飼おうと思って。ゆずくんなら自分でご飯も食べるし世話もいらないかなと」

明石は背中で答えた。

「ゆず、おまえ、弟子じゃなくてペットだぞ。猫又なのにペット扱いでいいのか？」

「ゆずは元々飼い猫やし、それはかまんのよ。おそばにおることが重要なんよ」

ゆずは一本残った尻尾をぱたんぱたんと振った。

「鬼を退治して明石先生のお役にたつんよ」

「そっか……まあ、雑鬼を片づけてくれるんならそれはそれで歓迎だ」

「篠崎くん、コーヒーをいれてください」

明石が声をあげる。

「えーた、ゆずはミルクー」

あれ？　これって俺がゆずの世話もする流れじゃないのか？

瑛太はそう思って軽く理不尽を感じた。

「なーなー、あかしせんせ、これなんなん」

後ろでゆずの声がして、それに答える明石の声も聞こえる。

「それはデッサン人形ですよ」

「お人形さんやのにお顔ないのん」

「さわっちゃだめです。あっ、そこはそんなふうに曲がりませんから！　うわ、やめて！」

瑛太はコーヒーの用意をしながらくすっと笑った。

ゆずがここに棲み着くことは、明石にとってもよいことのように思える。自分がアシスタントに来ない間も、きっと賑やかに過ごせるだろう。

棚からカップを取り出しながら思う。

ゆず用のマグカップを増やそう。おそろいのご飯茶碗も買ってこようか。三人分ともなるとお盆もいるかな。原稿があがったら三人で出かけるのもいいかもしれない。

ケトルの火を止め、ドリッパーにお湯を注ぐ。コーヒーの香りが立ち上る。

さて、原稿の進み具合はどうかな。

瑛太はカップを持って明るい部屋の中へ戻った。

了

第三話

明石先生、骨董屋へ行く

序

瑛太は新宿《しんじゅく》の紀伊國屋《きのくにや》書店の前に立っていた。

明石から午後一時にここで待ち合わせようと言われていたのだ。

今ではほぼ毎週のように、足立区北千住へアシスタントに行っているが、他の場所で会おうと言われたのは初めてだった。

目の前をひっきりなしに車が走り、大勢の人が歩いている。平日でも見かける人の数は北千住の数倍だ。こんな大都会にあののんびりとした妖怪漫画家が来られるのか？　それ以前にＪＲに乗れるのか？　またあのおばちゃんスタイルで来るのだろうか、などといろいろもやもや考えてしまう。

何度もスマホの画面を見て時間を確認しつつ、道路の向こう側にも目をやる。

約束の時間を一五分ほど過ぎたとき、車の合間に見覚えのあるハンチングが見えた。

古びた二重回しを肩に払ってぶんぶんと手を振っているのは明石だ。横には子供姿のゆずもいる。ゆずは目をまん丸にしてしっかりと明石の腕にすがりついていた。

「ごめんごめん、遅くなって」

明石は道路を渡って大あわての足どりで瑛太の前まで来た。マントの下は着物のようだが、足元はブーツだった。額に大汗をかいている。

「いやあ、久々だったから改札出て迷っちゃって……たどり着けないかと思った」

「西口の方に出られたんですか？」

「いや、ちゃんと東口に出たんだけどねえ。人の流れにうっかり乗せられちゃったのか、ルミネの方へ」

なぜ、南口。

「明石先生が紀伊國屋書店を待ち合わせ場所にするとは思いませんでしたよ」

「ええ？　そうかな。紀伊國屋さんには時々本や資料を買いに来ているんだよ」

「そうだったんですか」

なんとなく明石は電車などに乗らないイメージがあったのだが、案外活動的なのかもしれない。

「ゆず、大丈夫か？」

瑛太はガチガチに緊張しているらしいゆずを抱き上げた。ゆずは瑛太の頭に両手を回してしがみつくと、

「な、なんなん、ここ。今日は祭りか？」と怯えた声で言った。

「ここは新宿。東京《とうきょう》の副都心だ。人が多いけど、いつもこんなものだぞ」

「ほ、ほんまに？　こがいにようけ人がおるの初めて見たわ。みんななにしとんの？」

「なにって……」

瑛太は通りすぎる人々を見た。ほんとになにをしているのだろう。

「まあ、買い物とか、仕事とか？」

「買い物ぉ⁉　こがいにいっぱいの人間が買い物したらなんもなくなってしまうわ！」

ゆずは目をむいて言う。

「空気も悪いしうるさいし見通しもよおない。こんなところ、よく棲んでおられるな」

「そうだな、妖怪には棲みづらそうだ」

瑛太はゆずを腕に抱いたまま、明石を振り向いた。

「それで、明石先生。紀伊國屋で買い物ですか？」

「いいえ、そうじゃありません」

明石はにやりと悪だくみをするような顔で笑った。

「実は新宿に僕の知り合いが棲んでいるんです」

「人間ですか？　妖怪ですか」

「妖怪の方ですね。歌舞伎町《かぶきちょう》あたりですから、行きましょう」

紀伊國屋書店を越えて靖国通り《やすくにどお》りを越えれば歌舞伎町になる。隙間なくびっしりと建った細長いビルの群れ。その中に入っている無数の店の看板が、空間を覆い尽くす。行き交う人々は目線を下に落とし、ビル影の中を、無言ですばやく歩いていた。

「なんかいろんな匂いがするんよ」

瑛太の腕に抱えられたゆずが鼻をすんすんさせながら言った。

「食べ物屋さんが多いからな」

「あとでご飯も食べましょう」

明石が言うと、ゆずはぱあっと顔を輝かせた。

「ほんま？　ゆず、おさかな食べたい」

「いいですよ。篠崎くんはリクエストありますか？」

聞かれて考えるが、普段の食生活が貧しすぎて、メニューがファミレスかラーメン屋くらいしか思いつけない。

「俺は飯がたらふく食えればいいです」

「わかりました、どこかいいところがないか、聞いてみましょう」

聞いてみる？　新宿に棲む妖怪にか。

こんな都会の真ん中で人間に紛れて生活しているとしたら、けっこう妖力の強いものなんだろう。明石先生が一緒だから、頭から食われることはないと思うが。

「えーっと」

いくらか進んだあと、明石がきょろきょろしだした。

「このへんだったんだけどな」

バッグからしわくちゃの紙を出す。それには細かい地図が描かれていた。道路だけではなく、たくさんの店の名前が書き込んである。

「おかしいな、濱屋《はまや》という居酒屋があって、九段《くだん》という焼き肉屋があって……」

「先生、これいつ描かれた地図なんですか？」

瑛太も覗き込んで言う。

「うーん、三年くらい前かな」

「じゃあお店が変わっている可能性がありますね」

「ええっ、そうなの？　困ったな」

瑛太は地図を見た。店の名前は変わったとしても、道路や路地の位置は変わらないはずだ。

「この道路が靖国通りなら、二つ目の路地の次の角を曲がればいいんですよ、行き過ぎましたね」

「篠崎くん、地図が読めるの」

明石はほっとしたように言った。

「じゃあ、頼むよ。僕はどうも地図が苦手でね」

「あかしせんせ、さっきもそうだったんよ」

瑛太の腕の中でゆずがにやにやする。

「駅の改札でて、あっちいったりこっちいったり。結局駅の人に教えてもろたんよ」

「こ、こら、ゆずくん。内緒にしてって言ったのに！」

明石があわててゆずの口を塞ぐ。

「僕はあまり移動しない質《たち》だったから、どうも道は苦手で。それに人間は無意識に結界を張ったりするんだよ。そういうのにぶつかるとどうしても避けていかなきゃいけないんで、尚更迷ってしまうんだ」

明石は言い訳のように言った。

「でも紀伊國屋とか出版社には行けているんですよね」

「どれだけ通って覚えたと思ってるんだ。しかもいつも同じルートじゃないとだめなんだよ。ちょっとでも外れると迷ってしまうんだ。だから道路工事で迂回、なんてことになると大変だよ」

明石は恥ずかしそうに笑った。

「大丈夫ですよ、そんなにずれていないから。戻りましょう」

瑛太は先に立って歩いた。もしかすると明石はずいぶん早い時間に新宿についてずっと迷っていたのかもしれない。

「あ、ここですよ」

しばらく行って、瑛太がこのあたり……と立ち止まると、明石が古そうなビルを指さして言った。やはり店の名前の看板がたくさん張りついている。

男二人で入ればいっぱいになるエレベーターに乗り、三階まであがる。ドアが開いた先の通路にはずらりとドアが並んでいた。ほとんどがスナックらしく、どの扉もぴったりと閉まって薄暗い。

緑色の床を進んでいくと、赤い雪洞《ぼんぼり》が置いてある扉があった。ドアには「雲外堂《うんがいどう》」という手書きの小さな看板がさがっている。

「ここだよ」

「お店なんですか？」

瑛太は内心驚いた。妖怪が店を経営しているとは。

明石がインタフォンを押すと、

「はぁい、どちらさん？」と、太い声が返ってきた。

「僕ですよ」

「あら、思ったより早かったわね。どうぞ」

太く低い男の声。なのに、話し方は女性のようだ。とまどう瑛太にかまわず、明石はドアを引いた。

「入りますよ」

ドアの中は、薄暗く、驚くほどたくさんの品物であふれていた。

重なった箱や立てかけられた額、釣り下がった着物、ぎっしりと瓶や紙で包まれたものが押し込まれた棚の群れ。椅子やテーブルが重なり、絶妙なバランスの塔を造っていた。

明石はそんな品物の隙間を進んでいく。瑛太とゆずも周りをきょろきょろと見ながら後に続いた。

そこは意外なほど広く、奥行きがあった。垂れ下がっている布を押し退《の》けると、大きな籐の椅子にゆったりと背をもたせかけた人物がいた。

「いらっしゃーい」

大輪の牡丹《ぼたん》が咲いた女ものの振り袖を、腰で締めた男の着方をしている。着物が派手すぎてなにかのコスプレをしているように見えるが、着ている人間も負けずとも劣らず華やかな容貌をしていた。野太い声がその美しい唇から出ているので、たぶん男性なのだろう。額の真ん中で分けられた髪は、胸元で大きな縦ロールを作っている。

白い面長の顔に赤い縁の眼鏡をかけ、興味深そうに瑛太を見つめてくる男は、手にほっそりとした煙管《きせる》を持っていた。

「この子？　明石が言ってた人間って」

ふっと唇から煙を吹き出す。煙は途切れず生きた紐のように瑛太の体にまとわりついた。

「ふうん、邪気のひとつもないわねえ。人間にしては珍しい」

「うん、篠崎くんはいい子だよ」

明石が嬉しそうに言う。

「これから会うこともあるだろうから覚えておいてもらおうと思ってね」

「妖怪が人間を紹介するなんてね」

縦ロールの男は呆れたように呟く。右手を軽く振ると、瑛太に絡んでいた煙が消えた。

「あたしは胡洞《こどう》。この雲外堂の主人よ。明石とは古いつきあいなの、つまりあたしも妖怪ってこと。以後お見知りおきを」

胡洞はそう言うと、コンと煙管の雁首で煙草盆を叩いた。

一

「この、雲外堂というのは……」

瑛太は周りを見回して言った。たくさんの雑多な品物が置かれているが、商品なのだろうか。

「骨董屋よ。まあ最近はリサイクルショップとかアンティークショップとか言われるけど、人の手を離れた古いものを扱っているの」

「骨董、ですか」

なるほど、棚の中には古そうな壺や人形が置かれている。瑛太は陶器でできたライオンに目を留めたが、ギロリと睨み返され、あわてて一歩下がった。

「こ、これ、生きて……」

「まあ、あんまり古すぎてツクモガミになってるものや、なにかいろいろ取り憑いていたりするものもあるけどね」

胡洞はにやにやと笑いながら煙管をふかした。

「なー、あかしせんせー」

ゆずが明石のマントを引っ張る。

「なんであいつ、頭にチョココロネつけとんの？」

「ゆずくん、あれはチョココロネじゃなくて、ああいうヘアスタイルなんですよ」

「えー、食べられんのー？」

「食べられません。食べたらおなかを壊しますよ」

「ちょっと、あんたたち」

胡洞が煙管をコンコンと煙草盆に打ちつける。

「誰がチョココロネよ。人の髪型にケチつけんじゃないわよ」

「だからチョココロネじゃなくて素敵なヘアスタイルだと」

「これでも毎朝苦労してセットしてるのよ」

言いながら胡洞は両手で胸の前にさがっている縦ロールを持ち、ゆずに「はい」と触らせていた。

壺や掛け軸など高そうなものもいろいろある。だが、逆に壊れているものや、欠けているものも多かった。

（この鏡なんかなにも見えないじゃないか）

瑛太は棚に置いてある丸い柄のついた手鏡を覗き込んだ。白く曇っていてなにも映さない。

いや、待て、かろうじて自分の顔が映っているのはわかる。おや？　自分の背後になにか映っている。

――――人のようだ。

瑛太は振り向いたが、背後にあるのは古道具だけだ。

もう一度鏡を見ると、自分の肩ごしに映っているものがさらにはっきりした。どうも着物を着た女性のようだ。

日本髪を結い、赤っぽい着物を着ている。後ろ向きなのか白く塗られたうなじがくっきりと見えた。

瞬《まばた》きをするとその女性のポーズが変わっていた。体が少しこちら向きになっている。

もう一度瞬きをすると横向きになっていた。顔も横向きで伏せている。

さらに瞬きを繰り返すと体はほとんどこちら向きになり、顔も半分以上こっちに向いて

……


パタン、と。

その手鏡が胡洞の手で倒された。

「だめよぉ、この先を覗いちゃ」

「え……、なぜですか」

胡洞は紅も塗っていないのに赤い唇で笑った。

「気が狂っちゃうからね」

恐ろしげなことをあっさりと言った胡洞の手が鏡から離れる。裏にはぼろぼろになった御札が貼られているのが見えた。

「なあなあ」

向こうでゆずが明石に話しかけていた。

「この鳥籠、なんか鳥の匂いするんよ。でも鳥、おらんなあ」

ゆずが見ているのは背の高い鳥籠で、上下に繊細な彫刻が施されているものだった。材

質は真鍮《しんちゅう》なのだろうか、鈍い金の色が見える。

「ああ、これはねえ」

明石が鳥籠を手にとり、少し移動して置いてあるランプのそばにさげて見せた。

「ごらん」

部屋の壁に鳥籠の影が映る。その影の籠の中に鳥の影が入っていた。

「えー？」

ゆずは鳥籠と影を交互に見た。

「籠の中はからっぽよ？」

「そう。この鳥籠の中には影鳥がいるんですよ」

「へえ」

ゆずは鳥籠をちょいちょいとさわったが、鳥はおとなしく止まっている。だが、影の方の籠をさわると激しく羽根をはばたかせた。

「おもしろーい」

瑛太はおかしなことに気づいた。珍しいものを見つつ部屋の奥へ奥へと進んできたのだが、いつまでたっても行き止まりにならない。部屋の奥はまだ先がありそうだし、振り返れば入口は遥か向こうだ。

「あの、この部屋って……」

胡洞に言うと、部屋の主は艶《あで》やかに笑って唇の前に人差し指を立てる。

「仕方ないでしょ、品物が多いんだから。普通に一部屋じゃなにも置けやしないわよ」

「妖術、とかいうやつですか？」

「そんなんじゃないわよ。ちょっと入口を別な空間につなげているだけ」

だからそれを妖術と言うのでは。

「そういや、明石に聞いたけど、あんた家を造る勉強をしてるんだって？」

胡洞は頬に指を当てて首をかしげた。

「あ、はい。大学では建築を」

「じゃあ、こういうの好きなんじゃない？」

胡洞が差し出したのは、小さなジオラマだった。いや、骨董的には「箱庭」と言うのかもしれない。Ａ４サイズの陶製の枠の中に、庭のある日本家屋の一室が建てられている。

武家屋敷風で、座敷なのだろうか、黒い屋根瓦、白木の柱、細かく張られた障子に極小の畳。床の間には小さな掛け軸や生け花も添えられている。さらに凝ったことに、家屋の中には小さな二人の侍の姿がある。

（おや、この侍の顔は誰かに似ているな）

瑛太は上座に座る侍の顔を凝視した。

（誰だっけ。よく知っている人間だ。最近も見たぞ……）

顔を近づけてさらに見る。

（あ、）

わかった、自分に似ているのだ。

「ではどうあっても行くと言うのか」

声をかけられ、はっとすると目の前に蒼白な顔の男がいた。

「ああ、不正を見過ごすわけにはいかん」

自分の口が勝手にしゃべっている。

「この友の頼みでもか」

彼は幼なじみだ。同じ寺子屋で机を並べて勉強し、道場で剣の腕を競い合った。好きになった女子《おなご》の話をし、浮かれ、ふられ、涙の酒を飲んだ仲だ。誰よりも信頼し、兄弟のように仲がよかった。

だが、今は往く道が違ってしまっている。

「すまぬ。俺は正しいことをしたいのだ」

瑛太は立ち上がろうとした。しかし、それより前に友が右に置いていた刀を掴むと抜刀してきた。瑛太はなにもできず、目の前に迫る刃を見つめていた。

——「ごめんよ」

大きな手で目を覆われた。気がつけば元の薄暗い雲外堂にいる。

「あんたはずいぶん素直な性格みたいね」

胡洞は箱庭を棚に戻しながら言った。

「今、のは……」

「昔、仲のいい親友同士が斬りあったってことがあってね。腕のいい細工師がその舞台となった屋敷を造ったんだけど、魂を込めすぎたらしくて、時々、その現場に引きずり込まれる人間が出るのさ。なのでここに持ち込まれたのよ」

「え……と」

目の前がぐるぐるする。今入り込んだ人間の感情が体の中に残っている。驚愕、恐怖、悲しみ、怒り、諦観。

「胡洞。僕の大切なアシスタントをからかわないでくれ」

ぐいっと両肩を後ろから掴まれた。そのとたん、自分の中にうずくまっていた感情が消しゴムをかけたように消え去る。

「大丈夫？　篠崎くん」

「ああ、はい」

瑛太は大きく息を継いだ。最後まで居すわっていた悲しみがようやく消えた。

「君のように純粋な人間はああいうものに引き込まれやすいんだ。この店にあるものに心を惹かれてはいけないよ」

いつも眠たげな明石の目がしっかりと開かれている。瑛太は壊れた人形のようにガクガクと首を振った。

「なあなあ、この石、おさかなの匂いがするんよー」

ソファの向こうでゆずがぴょんぴょん飛び跳ねる。

「これなぁに？」

ゆずが鼻をつけてくんくん匂いを嗅いでいるのは翡翠《ひすい》色をした不透明な石だ。ゆずの体ぐらい大きな楕円形のそれは、半分に割られている。

「これには昔、魚が入っていたんですよ」

明石はゆずの頭に手を置いて言った。

「この石の中で自在に泳ぎ回って、美しい姿を見せていました」

「うそやぁ、石の中で魚やなんて」

ゆずは頭の上の耳をぴん、と立てて反論した。

「本当ですよ。でも、この石を手に入れた男がどうしても魚の姿を見たくて、ある日、石を割ってしまったんです」

「えー」

「そうしたら中から大量の水があふれだし、男の家も村も国も流して誰もいなくなってしまったということです」

ゆずは目を丸くして石と明石を交互に見た。

「ほんま？」

「さてね。君はどう思う？　篠崎くん」

不意に話を振られて瑛太はぴくんと背筋を伸ばした。

「……それはおとぎ話でしょう？」

瑛太はつるりとした大きな石を撫でた。

「だって、誰もいなくなってしまったなら、そんな話が残っているわけがない」

「理屈で考えればそうかもしれないけどぉ」

胡洞が話に割って入った。

「そんなんじゃおもしろくないじゃないのさ」

「いや、篠崎くんのような考え方も必要だよ。どんな話の中にも真実はある。伝説から本物を見つけ出した人間もいるしね」

明石が満足そうに言う。瑛太は褒められたような気分で少し嬉しくなった。

「だから、ゆず。今この石は空なんですよ」

「でもぉ、そしたらおさかなどこいったん？」

ゆずは割れた石の断面を両手で触りながら言う。

「水と一緒に流れだして、海にいったん？」

「それは誰にもわかりません。もしかしたらまたどこかの石の中にいるのかも」

「ふぅん、ゆずもその石ほしいなあ。割らんとおっきくなるよう育てんのに」

「いつか出会えるかもしれませんよ、これから長く生きるのですから」

そのあとも、骨だけの傘だの、針のない時計だの、スズメが飛んで行ってしまったという絵のない掛け軸だの、嘘か本当か、妖しのものなのかただのがらくたなのかわからないものを見せてもらった。

「さて、いいかげん本題に入ってくれないか」

明石は薔薇の刺繍がしてあるアンティークなカウチに腰を下ろして言った。

「おまえがわざわざ僕を呼びつけるんだ。なにかいいものが手に入ったんだろう?」

瑛太はなんとなく胸がざわついた。明石が誰かに向かってため口を使っているのを初めて聞いたせいだ。相手も妖怪だが、こんなに気安く話せるほどの長いつきあいなのだ。

明石が何年生きているのか、どんな妖怪なのかを、瑛太は聞いていない。詮索する主義ではないし、相手が話さないのなら聞く必要はないと思っている。しかし、胡洞と明石の関係は少し気になる。いつか話してもらえるときが来るのだろうか……。

「まあ、あたしには価値はわからないんだけど、あんたには喜んでもらえるんじゃないかって思ってね」

胡洞は着物のたもとから紙袋を取り出した。

「確か、あんたはまだこれを持っていなかったんじゃないかって思って……」

紙袋からちらっと取り出して見せる。瑛太の方からは赤い表紙の一部しか見えなかったが、どうやら漫画の単行本らしい。

「そ、」

明石がカウチから跳ね上がった。

「それは手塚治虫《てづかおさむ》先生の『来るべき世界・上巻』じゃないか！」

「そう。しかも初版で手塚治虫さんとやらのサインも入っているのよ。見返しにイラストまで描かれて大盤振る舞い」

「初版⁉　つまり書き直し以前のものか！　み、見せてくれ！」

明石は手を伸ばしたが胡洞はそれを両手で頭上に掲げた。振り袖がひじまでさがって案外と筋肉質な腕が覗く。

「ちょっとだけよお」

冗談めかして言いながら胡洞が頁をめくる。たしかにインクでなにかのキャラクターが描かれていた。さすがに瑛太も手塚治虫の名前や絵は知っている。見たところそうとう古い絵柄のようだった。

「すごい、本当に手塚先生の直筆だ……」

明石はうっとりと胡洞の手の中の本を見つめた。

「『来るべき世界』というのは……？」

瑛太が聞くと明石はいつもの眠たげな目を大きく見開いた。

「知らないの⁉　手塚先生の初期SF長編漫画だよ。地球に破滅的な危機が迫っているのに戦争をやめない大国、介入してくる宇宙人。運命に翻弄される子供たち。たった一人の地球人への愛ゆえに破滅してしまう侵略者……ドラマチックで壮大で切なくて、天才のものすごい才能を見せつけられる作品だよ」

「へえ……おもしろそうですね」

「おもしろそう、じゃなくておもしろいんだよ！」

明石は熱を込めて言った。

「手塚先生が『来るべき世界』を描かれたのは、『ジャングル大帝』を描かれたときと時期がかぶっているんだ。しかもこの時期は大学や、医者としてのインターン研修もあった時期で、東京と大阪を行き来して描いている。莫大な仕事量に比べ圧倒的に足りない時間、いったいどうやって漫画を描いていたのかわからない。人間業じゃないよ、まさに神業。そして作品も神の作品なんだ！」

明石がこんなに長くしゃべったのを聞いたのは初めてかもしれない。普段は口数も多くないし、柔らかな口調だけに、まるで別な人間のようだ。

「わ、わかりました。俺もその作品を読んでみます……」

「あ。だったら僕が貸すよ。小学館版と名著刊行会版と講談社版があるから好きな方を」

明石が顔を輝かせて言った。

「明石先生って……」

「え？」

「オタ……いや、手塚治虫さんのファンなんですね」

「ファン、なんて言葉じゃ収まらないわよ、信者よ」

胡洞が呆れた様子で両手を上げる。

「そうだねえ、信者かもしれないね。なにせ、手塚治虫先生は僕の神様だから」

明石はうんうんとうなずいた。

「先の戦争が終わってぼろぼろだった日本に、夢と希望とさまざまな才能を与えてくれたんだから。手塚先生がいなければあとに続くたくさんの先生もいないわけだし、日本がこれだけロボットやアニメに力を入れてなかったと思うよ」

「適当に聞いておきなさいよ、語り出すときりがないから」

胡洞がそっと耳打ちする。

そのあと明石は手塚治虫がどれだけ日本の未来に影響を与えたかを延々と語った。興味深いエピソードもあったので瑛太はおもしろく聞いたが、胡洞はあくびを隠そうともしなかったし、ゆずはカウチで丸くなっていた。

「――初版の『来るべき世界』は下巻は持っているんだけど、上巻は手に入らなかったんだ……、それをくれるのか？」

ようやく話が元に戻った。その頃には胡洞は色鮮やかな九谷焼の壺を磨いていた。

「あら、終わったの？」

「すまない、脱線した」

「脱線どころか転覆よ。忘れられちゃったかと思ったわ」

胡洞はテーブルに置いていた本を明石の鼻先で振った。

「ただじゃないわよ」

胡洞が赤い唇をにやりとつり上げた。

「わかってる、なにがほしいんだ」

「あたしとあんたの仲じゃない。別にお金をもらおうとかなにか譲ってくれとは言わないわよ。第一あんた、漫画しか持ってないじゃない」

鼻を鳴らして胡洞が笑う。

「あたしのお願いはね、ちょっとしたお使いなの」

「お使い？」

胡洞は本を紙袋に戻すと再びたもとに仕舞った。くるりと後ろを向いて棚の上に載せてあった日本刀を鹿の角の台座から下ろす。

「この刀についての話はしたことがあるわよね」

「ああ、兄弟刀だろう？」

明石の前にあるテーブルに置かれた刀は黒漆に銀の粉を振った美しい鞘《さや》に入っていた。鐔《つば》には龍が身をくねらす装飾がされ、伸ばした腕はなにかを掴もうと指が開かれている。

「兄弟刀、ですか？」

瑛太は鐔の美しい装飾にみとれながら尋ねた。

「そう、これは兄と弟のために作られた揃いの刀のうちの一振り。悲劇的な話が伝わっているんだけどね……」

胡洞はそう言ってその刀の謂《いわ》れを瑛太に話して聞かせてくれた。

「へえ、あまり縁起のいい刀じゃないんですね」

「まあね。そういうわけで長いことこれの弟刀を探していたんだけど、最近ようやく場所がわかったのよ。そこにはもう話をつけてあるから、受け取りに行ってほしいの」

「そんなことでいいのか？」

明石はうさんくさそうな顔をした。確かに胡洞は見るからに腹に一物もっていそうな顔をしている。が、

「あたしは今日、この店を動けないのよ。でも向こうも今日じゃなきゃ渡さないって言うし、困ってるの。だから明石が行ってくれると助かるのよ」

胡洞は両手をあわせた。

「あたしは漫画になんか興味はないから、この本は喜んであげる。だけどあんただってあたしに借りは作りたくないでしょ、だから頼まれてちょうだい」

「いいとも。こちらこそ喜んでやるよ」

「よかったわ。相手は同じ新宿にいるの。この店を出てまっすぐ行ったら大きな通りに出るから、そこを渡って三つ目の路地を左に……」

明石が青ざめる。それを見た胡洞は「仕方ないわねえ」とぼやきながら紙に地図を描いた。

「ほら、これならわかるでしょ。ここに行って貴島《きじま》って男に会ってちょうだい。彼が弟刀を持ってるわ。ちゃんとしっかり受け取ってきてよ」

胡洞から渡された紙を見た明石は、顔を歪《ゆが》めて首を振った。

「だめだ、こんなの。ただ線を引いてあるだけじゃないか、おまえだって僕の方向音痴はよく知っているだろう」

「近くなんだからそれでいいでしょう」

「方向音痴をなめるな。僕はこのビルを出たら新宿駅に戻るのだって自信がないぞ」

胡洞は「はっ」と鼻を鳴らした。

「そんな情けないことを自信満々で言わないでよ。大体、あんたはほしい本を買うのに神《かん》田《だ》に行ったり池袋《いけぶくろ》に行ったり、大阪《おおさか》や京都《きょうと》にまで足を伸ばしてるじゃないの」

「僕が本を買いに行くときは、事前に充分下調べしているし、もっとちゃんとした地図を持つんだ」

「そんな遠くじゃないんだからこれで充分よ」

「うう……」

明石はその地図を上にしたり逆さにしたりして見ている。

「それからこれが銃砲刀剣類登録証。これがないと警察の職質で捕まっちゃうからね」

「う、うう」

明石は登録証を受け取り、肩からさげていたバッグにしまう。

「これが売買契約書に代金の小切手。ちゃんとお礼を言って渡すのよ」

「ううう」

「きちんと雲外堂から来ましたって言うのよ。向こうは礼儀に厳しい人間だからね」

「……」

明石は観念したように一度目を閉じると、ぱっと見開いて瑛太を振り返った。瑛太はうなずいて言った。

「……一緒に行きますよ」

「あ、ありがとう！」

二

ずいぶん長い間雲外堂にいたと思ったが、ビルの外に出るとまだ太陽は真上にあった。思わずスマホを取り出して時間を確かめる。一時間といなかったらしい。

「篠崎くん、この地図お願い」

明石が情けない顔で紙を渡してくる。場所的には東新宿《ひがししんじゅく》の方らしい。瑛太はその地図を見て、「こっちです」と先に進んだ。

「さっきんとこ、おもしろかったぁ」

ゆずが明石の腕にぶらさがるようにして言う。

「そうですね。見ているだけならおもしろいでしょう。でもあそこは本当は怖いところなんですよ」

「怖い？　どして？」

「半分以上なにかが取り憑いているものなんですよ。妖怪やツクモガミや幽霊が。雑多な気の集まりで視界が濁って見えるほどです。あと一時間もいたら具合が悪くなっていたでしょうね」

「えー、そうなん？　ほんなら、あそこにおったやつはずいぶん強い妖怪なんやねえ」

「そうですね。おそらく千年は生きている大妖《たいよう》ですよ」

「せんねん！」

ゆずは仰天して叫んだ。

「そんなに長いこと生きとんの？　すっごいねー、そんなんとせんせは友達なん？」

「友達ねえ。どうですかね、長いつきあいではあるけれど……まあ昔からの妖怪も彼以外はだいぶ消えてしまいましたからね。腐れ縁というやつです」

「ゆず、知っとるよー。腐っとっても生きとるんはゾンビ言うんよ。ハナヨがようテレビで観とったわ」

「はは。ゆずくんはテレビっ子なんですね」

「うん、いっつもハナヨのお膝の上で観とったもんね」

瑛太は背後から聞こえるゆずと明石の会話を聞くともなしに聞いていた。明石も胡洞と同じように千年は生きているのかもしれない。他の妖怪が滅んでしまうくらい長い年月を。

新宿駅前や歌舞伎町と比べて東新宿は静かな印象だった。似たような色合いのビルが多い。瑛太は地図を見ながらビルの数を数えた。

（さっきの十字路から七つ目のビル……）

それは周りに建つビルより背の低いこぢんまりとしたビルだった。入口には「堂島《どうじま》ビル」と書かれている。確かに地図にもその名前は記されていた。

「先生、ここのようですよ」

振り向いて言うと明石はほっとした顔をした。

「よかった、無事たどり着けて」

通常、こういうビルには入居している事務所や店の名前が入口にあるはずだが、このビルにはなかった。だが、地図には二階と書かれていたので、おそらくそこに貴島という人物がいるのだろう。なんのビルかはわからないが、品物を受け取るだけなら関係ない。

「じゃあ、俺とゆずは下で待っています」

瑛太はそう言ったが、明石は彼の両肩をがっちりと押さえた。

「だめ。一緒に来て」

「え？　でも……」

明石が真剣な顔で言う。

「僕にまともな挨拶ができると思う？　知らない人間なんて怖いよ。胡洞は相手が礼儀に厳しいって言ってたし」

「……先生もずいぶん長く生きている妖怪なんでしょう。そんな情けないことを言わないでください」

「僕は引きこもりの妖怪なんだ！　今だってほとんど外に出ないし、話す相手は編集の山中さんか宅配便のお兄さんくらいで。頼むよ、ついてきて！」

困りきった顔で言われたら一緒に行くしかない。

「俺だって礼儀をわきまえているかどうか自信がありませんからね。フォローしてくださいよ」

入口を入ってすぐにエレベーターがあったのでそれを使う。『閉』のボタンを押すと、エレベーターにしては意外なほど早くドアが閉まった。ビルの持ち主は短気なのかもしれない。

ポーン、と音がしてドアが開く。目の前にそっけないスチールのドアがあった。

「……堂島組」

ドアの横には木製の看板が下げられ、流麗な筆致で黒々と書いてある。

あれ、ちょっと待てよ、と瑛太は固まる。まさかとは思うけど……いやいや、建築屋さんでも「組」って使っているところはあるよな。まさかとは思うけど、「ヤ」のつくお仕事の人じゃないよな。まさかとは思うけど。

「……先生」

「うん?」

「ゆずを猫に戻しておいていいですか? 商用で来たのに子供がいたら心証が悪くなるかもしれません」

「ゆず、子供やないよ!」

猫又が反論する。

「しいっ! 見た目が子供だろ。先生、いいですか?」

「うん、いいよ。ゆずくん、悪いけど猫の姿に戻って」

「――あかしせんせが言うならそうするけん」

ゆずはひょいっと飛び上がって一回転すると、ふわふわの毛並みの猫に戻った。明石はゆずをマントの下に抱く。

「これでいい?」

「はい、出さないでくださいね」

「うん、じゃあ……」

明石がインタフォンを押すと、すぐに応答があった。

「どちらさまですか」

明石に代わって瑛太がインタフォンの応答口に立った。

「ごめんください、雲外堂から参りました」

「ウンガイドウ？」

向こうでなにかぼそぼそと話している気配がする。しばらくして「どうぞ」という声と一緒にガチャリとロックが外れる音がした。

ドアがこちら側に向けて開かれた。開けてくれたのは、五分刈りにした若い男で、右手を上着の中に入れている。

「どうぞ、お客人」

入ってすぐに目についた額縁を見て、瑛太はひくっと息を呑んだ。

本物だったー！

ドアを開けた正面に大きく重厚な木製のデスクがある。その上の額縁には「任侠道」という書が収まり、さらに上に神棚があったのだ。

デスクの向こうには六十代くらいの恰幅《かっぷく》のいい男が座って、その横のソファに縞のスーツとか、蛇柄のスーツとか、黒いシャツの襟をたてて金のチェーンを首に巻いた男とか、つまり一見してカタギではないファッションの方々が座っていらっしゃる。そしてドア付近の壁にはジャンパー姿の若い男たちが並び、鋭い目つきでこちらを見つめて――睨んでいた。

(映画みたいだ……)

瑛太は驚きを表情に出さないようにしながら明石と一緒に奥のデスクまで進んだ。

「雲外堂からの使いか？」

デスクの男は、髪に白髪が目立ったが、眉は黒々と太く、ヤマアラシの背のように逆立っている。ゴツゴツした太い指にはそのまま凶器になりそうなゴツイ石のついた指輪をいくつもはめ、それを鼻の前で組んでいた。彼が貴島という男だろうか。

「はい、こちらさま所有の刀を引き取らせていただきに参りました」

知っている限りの丁寧な言葉を総動員する。確かに礼儀にはうるさそうだ。

「代金は？」

「こちらになります」

瑛太は明石を見た。明石はあわてた様子でバッグの中を探り、封筒を取り出す。明石は気づかなかったが、彼がバッグに手を入れたとたん、壁際の若い男たちもジャンパーの懐に手を入れた。

しかし、明石が腹痛を訴えていないので、殺意や悪意はないようだ。

「寄越せ」

ヤマアラシ眉の貴島がそう言ったが、明石はそれを両手で持ったまま、

「刀と交換です」と答えた。

「貴様！」

わっと背後に若い男たちが寄る。それを貴島が手を挙げて止めた。

「いい度胸しとるな。あの雲外堂の主人も変わった男だったが、おまえさんも同類か？」

「……種族的には同類ですが」

「種族？　同郷という意味か？」

「いえ、同じ場所で生まれたわけではありません。そもそも彼も僕もどこで生まれたか、あまりに昔のことなのでよく覚えていません。でもああいうのが近くにいれば、たぶん、食いあっていたでしょうね」

明石の言葉に貴島はかすかに眉を寄せた。その表情に物騒なものを感じて、瑛太はあわてて明石の前に出た。

「あの、すいません。雲外堂の主人と、この人は古い知り合いです。今日は胡洞さんが店から動けないので俺たちが頼まれて使いにきました。詳しいことはまったく聞いてません。とにかく、刀を受け取って代金を支払うようにと！」

自分でもよくこんなに早くしゃべれたと思う。

「ふん……」

貴島は鼻を鳴らすと、瑛太たちの背後に立つ若い男に向かってかすかに顎を動かした。するとと男が刀を持ってきて、うやうやしくデスクの上に置いた。

「この刀は先代から受け継いだものでな。まあしまいこんでいてもしょうがないから売ろうと思ったんだが」

刀の鐔には雲外堂で見たのと同じ、龍の彫刻が施されている。銀色の粉が吹いたような黒漆の鞘も同じだった。

「だが、久しぶりにこの刀を出してみると……案外惜しく思えてきてな。売るかどうか決めかねているんだよ」

「それは困ります」

明石がそっけなく言った。

「その刀を受け取ることが僕たちの仕事です。渡してもらえなくては仕事が終了しません。終了しなければ『来るべき世界』が手に入らない」

「明石先生！」

瑛太は思わず明石に飛びつき、その口を押さえた。

どうする？　刀を受け取らなければ明石の言うように仕事は終わらない。明石は『来るべき世界』を諦めないだろう。まさか妖怪の力を使って暴れるなんてことはしないと思うが、ここはなんとしても穏便に刀を引き渡してもらいたい……どうすれば。

瑛太はすがるような思いで室内のあちこちに視線を飛ばした。その目が貴島の背後の額縁に止まる。かかっている言葉は「任侠道」――。

「あ、あの、その刀についてなんですけど、どこまで知ってらっしゃいますか」

瑛太の言葉に貴島は刀の鞘を親指で撫でながら答えた。

「こいつが兄弟刀っていうのは聞いていたな、どこかの殿様が自分の息子、兄と弟に作ったものだと」

「はい、そのとおりです」

「これは弟の刀。俺たちも兄弟の契りは固い。だからこそこの刀を」

瑛太は一歩足を踏み出した。

「聞いてらっしゃったのはそれだけですか」

「なに？」

「それではその刀はあなたが持つにはふさわしくありません」

「なんだと？」

貴島はデスクから身を乗り出した。壁際の若い男たちが再び臨戦態勢を取る。

「どういう意味だ。わしらのようなものが手にしてはいけないと？」

「その刀は裏切りの刀だと聞いています」

瑛太はデスクに置かれた刀を見ながら言った。

「跡継ぎである兄は体の弱い男でした。父親は弟に兄を補佐してほしかったのでしょうが、弟はそう考えなかった。父親が死んだあと、弟は誓い合ったこの刀で兄を斬って自分が城主になったのです」

貴島の頬がぴくっと引きつる。

「あなたの後ろのその額に書いてある文字——任侠。この意味は、仁義を重んじ弱いものを助ける自己犠牲的精神のことでしょう。仁義というのは道徳上守るべき筋道です。弟が城主の座欲しさに兄を殺す……それは仁義にもとる行為です。だから、あなたにふさわしくないと思うんです」

「……」

瑛太は自分の中の漢字や熟語の知識を総動員して話した。

貴島は椅子の背にもたれ、大きく息をついた。

「その話は本当か」

「雲外堂店主が俺たちにそう話してくれました」

「なるほどな」

貴島はもう一度黒漆の鞘を撫でた。

「あっ」

急に明石が叫ぶ。そのあと体をぐねぐねと動かし始めた。

「こ、こら、ゆずくん、おとなしくして……」

「なにをやってるてめえ！」

若い男たちが明石を取り囲んだ。

「い、いや、ちょっと待ってください——」

言ってる最中に明石のマントが大きく膨らみ、それがもぞもぞと動いた。

「きさま、懐になにをもってやがる……！」

貴島がデスクに手をついて立ち上がる。その言葉が終わったと同時に、明石のマントの中から、猫がひょこりと顔を出した。

「ね、」

貴島が叫ぶ。

「あ、こら。出てきてはいけません」

明石が猫の頭を押さえて戻そうとしたが、ゆずはいやがって明石の手をすり抜けると、軽やかにデスクの上に降り立った。

（詰んだ――――！）

瑛太はそう叫びたいのをこらえた。商取引の場にペットなぞ連れて、と目の前のヤクザが怒鳴るだろう……。

「――ねこ、ちゃん」

だが貴島の口からは、甘く柔らかな声が発せられた。

「かわいいですねー、どうしたんですかー、いいこですねー」

デスクの上に乗って足を上げて毛繕いをしだしたゆずを見て、ヤクザがとろけるような笑顔を見せていた。

「こんな猫を隠し持ってやがったのか。なんてやつだてめえ」

口調は悪いが貴島は目尻をさげ、指輪だらけの手をゆずに伸ばす。ゆずは貴島の指が触れてもかまわず、毛繕いを続けている。

「おうおう、かわいいのう。これはノルウェージャンかな、それともソマリか」

「え、いや、たぶん雑種で……」

「おう、緑の目だなあ、かわいいのう」

貴島はとうとう両手でゆずを抱えあげてしまった。ゆずはいやがって身をよじるが、しっかりと抱かれて動けないらしい。「ぴゃあ」と小さく声を上げた。

「んー？　いやか？　いやでちゅか、そうでちゅかー」

しばらくゆずのもふもふとした毛並みを撫でていたが、やがて貴島はそっとゆずをデスクの上に離した。ゆずはひょいひょいと飛んで明石の肩に乗ってしまう。

「いやあ、かわいいのう。堪能させてもらったわ」

貴島は満足そうに笑った。瑛太はなんと答えればいいかわからず明石を見た。

「貴島さん、猫がお好きなんですね」

明石がゆずの顎の下を撫でながら言った。

「ああ、好きなんだがな、実は猫の毛にアレルギーがあって長いこと一緒にはおれんのだ。残念なんだが」

「それはお気の毒ですね」

明石はちょっと考えていたようだったが、

「では無毛の猫をお飼いになればいかがですか」と言った。

「無毛の猫だと？」

「ええ、スフィンクスという無毛の猫がいます。他にもピーターボールドやバンビーノなど、最近毛のない猫が増えているそうですよ。貴島さんのようにアレルギーのある方向けに輸入も始まっているようです」

「本当か」

猫好きなヤクザは目を輝かせた。

「それならわしにも飼えるか」

「ええ、きっと」

「そうか」

貴島は椅子の背に体をもたせかけると、にやりと笑った。

「やはりおまえは変わっているな。こんな場に猫なぞ連れてきおって」

「すみません」

明石は恐縮したように肩をすくめて頭をさげた。

「まあいい、良い情報を教えてもらった……」

貴島は刀を持ち、カチャリ、と刃を鞘から少しだけ引き出した。室内の照明に、鉄がギラリと反射する。

「……」

貴島はしばらくその刃に自分を映していたが、やがてチャキリと刃を納めると、それを前に突き出した。

「持ってけ。ちっとしぶってみせただけだ」

瑛太はあわてて飛び出してその刀を両手でいただく。

「あ、ありがとうございます」

「それではこちらが代金と契約書です」

ゆずを肩に乗せたまま、明石が小切手と売買契約書の入った封筒を渡す。

「仕事が完了してほっとしました」

「これでおまえもほしいものが手に入るのか」

「はい」

明石はにっこりした。ゆずはそんな明石の肩の上で大きなあくびをし、また貴島の顔をとろけさせていた。

三

「はぁあ――よかった」

　堂島ビルから出て、瑛太は長いため息をついた。両腕でしっかりと刀袋に入った刀を抱えている。

「さすがにビビリましたね」

「そうなの？」

「怖くなかったんですか？　さすが、明石先生ですね」

　明石はきょとんとした顔をした。

「え……だって別に殺意も悪意も感じなかったし」

「ええ、明石先生が落ち着いてたんで、危害は加えられないだろうなとは思ってたんですが、それでも本物の迫力は違いますね」

「――本物？」

「あれ？」

明石と瑛太は顔を見合わせた。

「えっと、先生……もしかしてあの人たちがなんのご職業かわからなかったんですか？」

「うん？」

目をぱちくりとさせる明石に、瑛太はがっくりと肩を落とした。持っている刀が急に重くなる。

「あの方たちはいわゆる、暴力団、極道、ヤクザの人たちなんですよ」

「ヤクザ⁉」

聞いたとたん、明石は回れ右して堂島ビルに戻ろうとした。

「ちょ、ちょ、ちょっと待ってください、どこ行くんですか！」

「だってヤクザだよ⁉　本物のヤクザ！　取材しなきゃ！」

「やめてください！　先生はともかく俺の命が惜しいです！」

瑛太は明石のマントを引っ張った。

「ええー。こんな機会めったにないのに……」

明石は唇を突き出し、不満げな顔をした。

「しょっちゅうあっても困りますよ。それにしても先生は本当に気づかなかったんですか」

「うーん……」

明石はすすき色の髪に指をつっこむとわりわりとかきむしった。

「そうなんだよねえ、僕、そういうの気づかないらしくて、よく山中さんにも呆れられたり驚かれたりするんだけど」

「先生は漫画を描くときにはちゃんと資料を当たられますよね」

「う、ん……」

明石はどこかびくついた様子でうなずいた。

「そういうのを調べていくと知識として積み重なっていくのでは？」

「それがねえ……ちゃんと覚えていられないっていうか、ぽろぽろ抜けていくらしくてね……ごめんよ」

明石は眉を寄せて困った顔をした。なんだかいじめているみたいな気分になり、瑛太はあわてて首を振った。

「いえ、別に責めているわけじゃ……」

「君にこれからも迷惑をかけると思うけど、よろしく頼むよ」

改めてよろしくされてしまった。つまり今後のフォローを丸投げされたというわけか。

「まあ……俺にできることなら」

「大丈夫、君はしっかりしてるから」

「ゆずだってできるけん！」

明石の肩から一回転して飛び降りたゆずは、地面に着地したと同時に人間の姿に化けて言った。

「あかしせんせが困ったとき、ゆずも助けるけん！」

「はは。ゆずくんも助けてくれるんですか、それは心強いな」

明石は腰を屈めてゆずの頭を撫でた。

「頼りにしていいんよ！」

「ありがとう」

明石は体を起こすと瑛太を見て苦笑した。

「長年人間に紛れて生きていてもねえ、こういうところでボロが出るんだろうね」

瑛太は刀を抱き直して明石と歩調をあわせた。ビル風が背中を押し、首筋を凍らせる。灰色の建物の間を通る風は、いつもより寒い気がする。

「そういや篠崎くんは語学の知識がずいぶんあるんだね。僕は任侠って言葉は知っていたけど意味までは知らなかったよ」

「ああ……。漢字や言葉の成り立ちを調べるのは好きです。小学生の頃は漢字検定に毎年挑戦してましたから」

瑛太がそう言うと、明石は感心したように首を回した。

「漢字検定か、すごいね。僕は読むのも書くのも苦手なんで、ネームは山中さんに直してもらってるんだ」

「そうなんですか」

「投稿作なんてひらがなとカタカナばかりで編集さんに驚かれたんだよ」

そんな話をしているとき、不意に背後からどんっと突き倒された。瑛太は声を上げ、地面に倒れる。腕の中から、紫色の刀袋が飛び出し、コンクリの地面に当たってガチャリとひどい音がした。

「あっ……っ」

あわてて伸ばした手の先で、刀が拾い上げられる。一瞬、誰か通りすがりの人が拾ってくれたのかと思ったが、その誰かは刀を抱えたまま走り出してしまった。

「ええ――っ⁉」

走り去る背中はジャンパーだ。あのジャンパーは見た記憶がある。そうだ、さっき貴島の事務所で壁際に並んでいた男じゃないか。

「ま、待て！」

起き上がって追いかけようとした瑛太の前を、灰色の長毛猫が駆けてゆく。再び猫になったゆずだ。太い尻尾が道しるべのようにまっすぐ伸びていた。

「篠崎くん、大丈夫？」

明石が腕を引き上げてくれた。

「ゆずくんが追ってる。行こう」

男は両手で刀を抱えているのに、人間離れした速さで雑踏をすり抜けてゆく。

(どうして刀を。貴島がやっぱり惜しくなって奪い返すように命じたのか)

瑛太は走りながら考える。しかしいくらヤクザとはいえ、契約書まで交わした正式な商取引を反故《ほご》にするようなことは考えにくい。ただでさえ、いろんな法律でヤクザ稼業は締めつけられていると聞く。自分の首を絞める真似はしないだろう。ではなぜ?

あの男が個人的に刀をほしいと思ったのか。

「あの人……おかしいですね」

同じように走っているのに息切れひとつせずに明石が囁く。

「刀を奪いにきたとき、悪意をまったく感じなかった。ものを奪うってことは強い集中力も必要なのに、そんな感情も感じなかったし」

「なにも……感じずに……考えずに……行動するというのは……」

明石が瑛太の目を見て答えた。

「操られている」

操られている———?

舗道のずっと向こう、豆粒のような後ろ姿。誰があの男を操っているというのだ。

「篠崎くん、あっちです」

明石が道路の向こうを指さす。

「ゆずくんが僕に声を届けてくれています」

道路を指した指を自分の頭に向ける。妖怪同士、なにか通じるものがあるのか。

やがて瑛太と明石は小さな公園にたどり着いた。刀を持った男の姿はない。寒いせいか遊ぶ子供たちや、ベンチに座る老人の姿もなかった。息を切らしながら周りを見回すと、「にゃあ」と猫の声が寒空の下で響いた。

見ると、公園の中の白いコンクリの固まりの上にゆずが乗っている。あちこちに穴が空いて子供たちがくぐったり潜ったりできる遊具のひとつだ。

「あの中に隠れているみたいです」

明石はスタスタとコンクリの山に近づいた。

「先生、相手は武器を持ってるんですよ、危険です」

「大丈夫ですよ」

そういえば明石の能力のひとつに相手に気づかれないというのがあったな、と思い出す。

明石はいくつか空いているコンクリの穴をひとつひとつ覗いていった。と、不意に穴のひとつから刀袋に入った刀が突き出された。

「先生！」

明石は遊具から飛びのいた。男が刀を提げて穴の中から出てくる。その顔に表情はなく、視線も定まらずにふらふらとしている。

男が刀を目の前の高さで構えた。ゆっくりと刀袋を外し、それを捨てる。だめだ、こんな町中、公園で凶器を振り回させちゃ。

瑛太は明石に走り寄った。

「先生、この前のように、俺の体を使ってください」

「ええっ、で、でも相手はこないだと違って刀を持ってるんだよ」

「大丈夫です、早く！」

瑛太が明石の胸ぐらを掴んで怒鳴ると、明石は片手を上げて瑛太の肩に触れた。そのとたん、全身の血がブーストしたように体が熱くなった。手足の先まで力が満ち、重力も感じない。

瑛太はコンクリの遊具の上に飛び上がると、勢いをつけて男に飛び掛かった。男の手が鞘を払う。瑛太はジャケットを脱ぎ、それを男にはたきつけた。刀がそのジャケットをなぎ払おうとする。その機を逃さず、瑛太はスニーカーの爪先で、男の腕を蹴り上げた。

「ぎゃっ！」

男の手から刀が離れた。

「ゆず！　刀を！」

叫ぶと猫の姿のゆずがダッと駆け寄り、手前で転がって人間になった。起き上がると同時に刀を両手で持って飛びすさる。

瑛太は刀を追って空を掻《か》く男の片手を取ると、もう片方の手で襟首を掴み、引っ張った。砂場までぐいぐい引きずり、そのまま肩に乗せ、体を地面に叩きつけた。

ドウッと背中から落ちた男は、白目をむいて砂場に仰向けに倒れた。パラパラと舞い上がった砂が落ちてくる。

「わあ、かっこいいねえ」

明石がのんびりとした称賛の声を上げた。瑛太は軽くステップを踏みながら、男が起き上がるのを警戒していたが、完全に失神しているとわかって緊張を解いた。そのとたん、両肩にずしん、と重みが戻ってくる。

「あかしせんせ、えーた」

刀を胸の前で抱いているゆずが呼んだ。

「なんや、この刀、ぶるぶるしとるよ」

瑛太と明石が近づくと、確かに刀は鍔をカチカチ鳴らしながら震えていた。

「はぁん、あの人を操っていたのはこの刀自身ですね」

明石は震える刀に触れながら言った。

「この刀はツクモガミ――いいえ、人の念が取り憑いてます」

「それってさっき話にあった弟の……」

「そうみたいですね。自分がこれからどこへ連れていかれるのかわかって、僕たちの邪魔をしたのでしょう」

「邪魔、ですか」

「自分が斬った兄の刀の元には戻りたくなかった、そうでしょう?」

明石が言うと、刀の震えが止まった。こころなしか鐔の龍の彫刻も元気がなくなったように見える。

「それでも僕たちは君を雲外堂に連れていきますよ。そしてお兄さんに会ってもらいます」

明石は刀を鞘に納め、刀袋にいれた。

「お兄さんに会うって……」

瑛太は驚いて聞いた。悲劇が起こったのは何百年も前の話のはずだ。

「兄の刀の方にも念が残ってますからね」

明石は袋の紐をしっかりと縛った。

「あの人はどうしますか?」

瑛太は砂場で伸びている男を見て言った。

「あのままにしておきましょう。操られている間の記憶はないと思います。かわいそうですが、刀の気に当てられやすい体質だったんです……」

冷たい砂場に放置しておくのもかわいそうなので、瑛太は明石と一緒に男を引きずり、ベンチに座らせた。

「すいません」

瑛太は男に謝ると、明石たちと一緒に公園をあとにした。

四

「おかえんなさい、遅かったわね」

雲外堂に帰り着くと、胡洞がにこやかに出迎えてくれた。さっきとは違う、銘仙柄の着物を着ている。

「この刀がけっこうやんちゃでね」

明石は刀袋に入った刀を差し出した。胡洞は着物のたもとでそれを受け取ると、

「なにかあったの？」と聞いた。

「途中で店に来るのがいやで逃げ出そうとしたんだ」

「あらあ」

胡洞は笑って刀袋を縛っている紐をほどいた。

「そんなにおにいちゃんに会うのが怖かったの？」

「それはそうでしょう」

瑛太は、今はすっかりおとなしくなっている刀を見ながら言った。

「自分が殺した相手に会うなんて……ましてや兄弟なんだから」

「そうねえ」

「二本揃えてまた売るのか？」

明石が袋から出された黒漆の刀を見て言った。

「もちろんよ、あたしも商売だから」

「だけど、この様子じゃまた逃げ出しそうだよ」

「大丈夫よ、そのために今日、持ってきてもらったんだから」

胡洞は明石に弟刀を渡した。

「しっかり持っていて」

そして自分は兄の刀を取り出す。

「鞘から抜いてちょうだい、一緒にいくわよ」

二人は向き合うと、せーの、で刀を鞘から抜いた。明石も胡洞も刀を両手で持ち、体の前に構える。正眼、と呼ばれる構えだ。刀の刃が触れ合いそうなくらい近づいた。

そのとき、キィ――――ンと鉄が擦れるような甲高い音が響いた。

「にゃんっ！」

ゆずが耳を押さえる。瑛太もあわてて両手をあげた。しかし音は耳を塞いでも頭の中で鳴っているようだった。

音の響きが自分の体や周りの小物を振動させる。胡洞も明石も細かく震えて見えた。と、その姿がぼやけ、向き合っているのが見知らぬ着物姿の男になった。

月代《さかやき》に上下《かみしも》、袴《はかま》。侍の姿だ。

「直之《なおゆき》……ひさしぶりだな」

胡洞だった男が呟く。言われた男はびくりと体を揺らした。

「兄上――――」

瑛太は思わずゆずを抱きかかえた。刀に取り憑いていた念が、胡洞と明石の体を借りて実体化したのだとわかった。もしかしたらここで斬りあいが始まってしまうかもしれないと危惧したのだ。

「ずいぶん長い間、行方をくらませていたな」

「あ、兄上……お許しください」

「私を避けるために持ち主を次々に変えて逃げ回っていたのだな」

「兄上――――」

兄は弟の前に一歩すすんだ。

「私はおまえに言いたいことがあったのだ」

「兄上、わ、私は卑怯者です。どんな償《つぐな》いでもいたします」

弟は床に崩れ落ちた。両手をついて頭をさげる。

「直之」

兄はその弟の前に膝をつき、優しく肩に触れた。

「直之、おまえは誤解している。間違っているのだ」

「――――え？」

「え？」

見ていた瑛太も思わず声をあげた。

「私は体が弱く、あのときも大量の血を吐き、のどをつまらせて苦しんでいた。だからおまえに止《とど》めを刺してもらったのではないか」

「……え……」

「覚えておらぬか？　忘れてしまったか？」

弟は呆然と兄の顔を見上げている。

「そのあと、おまえは父上の跡を継ぎ、城主として立派に務めた。しかし、時を経るに従って、おまえが私を殺したのだ、裏切り者の弟刀よ、という風評が立ってしまった。その噂は一人歩きし、伝説となり、謂れとなって刀にまとわりついた。おまえはそのため、自分がそんな裏切り者だと思い込んでしまったのだ」

「そ、そんな……」

弟は目を見開き愕然とした顔で、優しく諭す兄を見つめた。

「何度も何度もそう話され、おまえは自分で自分をおとしめ、私から逃げるようになってしまった。私はおまえをその嘘から解放してやりたかったのだ。真実を伝えたかったのだ」

「あ、兄上、それでは私は――私は裏切り者ではないと？　兄上を殺してはいないと？」

「そうだ、おまえは立派な城主だったのだ。兄思いの、優しい弟だったのだ」

「わ、私は――」

弟の目から涙があふれた。

「私は、私は、ずっと後悔していた。ずっと恐れていたのです。私の醜い心、卑劣な裏切りを。でもそうじゃなかった……そうじゃなかったんですね」

「そうだよ、直之。おまえは私の大切な弟、忠義の弟なのだ」

「ああ……！」

弟は兄の腕にすがりついた。その姿が徐々に若く、幼くなってゆく。兄の姿も幼いものになった。

「あにうえ、あにうえ！」

「直之──之次郎《ゆきじろう》……」

弟は兄の懐に抱かれ、泣きながら笑っていた。

「あにうえにずっとお会いしとうございました。また遊んでくれますか」

「ああ、もちろんだ。合戦ごっこをしようか、おうまであそぼうか」

「あそびましょう、あにうえ。ほら、あそこに母上もいらっしゃいます……」

やがて、幼い兄弟の姿が消え、そこには刀を持ったままの胡洞と明石の姿があった。

明石の目から涙が流れていた。

「──明石先生、胡洞さん」

瑛太が呼びかけると明石は目を何度かしばたたかせ、「あれ？」と片手で目元をぬぐった。

「涙だ……」

「それはあんたのじゃないわよ、弟の感情の名残よ」

胡洞は刀を鞘に納めながら言った。

「これで刀についていた念は祓えたわ。二人とも心残りなく、成仏できたみたい」

明石も刀を納めると、それをそっとテーブルの上に置いた。

「なんだかすっかり気持ちがいい」

「長年の澱《おり》がぬぐわれたからね」

胡洞は明石にレースのハンカチを差し出した。明石はそれで両目を押さえる。

「原稿を〆切ぎりぎりで仕上げたときみたいな気持ちだ」

「センスのないたとえね」

明石は瑛太を振り向き、照れくさそうに笑った。

「よかったね、ハッピーエンドだ」

「そうですね」

瑛太はゆずを抱いたまま、明石のそばに寄った。テーブルの上の弟刀を見る。

「俺もこの刀のそばで裏切りの刀だとか仁義にもとるとか言ってしまいました。逃げ出したのはそれが原因かもしれません」

「誤解が解けたんだからいいじゃない。終わりよければすべてよしだよ」

明石はぱっと胡洞の方を振り返った。

「それで！　約束のものは！」

「ああ、はいはい」

胡洞は着物のたもとから紙袋を取り出した。明石はそれを奪うように取ると、さっそく中を確認する。

「ああっ！　本当に『来るべき世界・上巻』だ！　サイン入り初版！　すばらしい！」

明石はそのコミックスを胸に抱き、くるくると回る。

「手塚先生！　すばらしい！　ありがとう、胡洞！」

「そんなに喜んでもらって嬉しいわ」

「またこういうことがあったらいくらでも呼んでくれ。今度は失われた『ジャングル大帝』の原稿を頼む」

明石は胡洞の背中をバンバン叩いた。

「ちょっとやめてよ……あっ！」

胡洞がいやがって身をよじったとき、明石の腕が胡洞の眼鏡に触れた。赤縁の眼鏡が胡洞の顔から外れて床に転がる。

「あ、すまない」

そのとたん、胡洞の体が後ろにバタンとひっくり返った。瑛太は驚いて駆け寄ったが、倒れた胡洞の顔を見て、「わあっ！」と叫んで飛びすさった。

胡洞の顔には目がなかった。眉と鼻と赤い唇しかない。

「な、な、な……」

「ちょっとぉ！　早く戻してよ！」

低い位置から胡洞の声が聞こえる。びくつきながら床の上を見ると、胡洞の赤縁の眼鏡が落ちていた。その眼鏡に……目がついている。

「これが胡洞の正体だよ」

明石は身を屈めて眼鏡を拾い上げた。まるで漫画のように眼鏡の中にぺったりと目が張りついている。

「うひゃあ、なんかこんなおせんべ見たことあるわー」

ゆずがゲラゲラ笑って指さした。

「早く戻してってば！」

胡洞が苛立たしげに叫ぶ。

「……眼鏡が本体」

「胡洞は雲外鏡っていう鏡の妖怪なんだ。昔は鏡の中にいたんだけど、動き回るためには眼鏡の方が都合がいいんだって」

明石は瑛太にそう説明し、眼鏡のつるを両手で持って、倒れた胡洞の顔に載せた。とたんに眼鏡の中で目がぱちくりし、胡洞がむっくり起き上がる。

こうやってみると張りついた目には見えなかった。

「まったくもう……今度やったらただじゃおかないわよ」

ちゃんと口も動いている。

呆然と見ている瑛太に胡洞はにやりと笑った。

「お見苦しいもの見せてごめんね。でも妖怪には耐性があったんじゃないの？」

「いえ、想定外っていうか……あまりにも……」

非常識なんで。

瑛太は胸の中で呟いた。まったく、今日はいろいろと驚いたがこれが一番びっくりしたな。

胡洞はまだ明石に怒っている。明石は謝りながらも本を抱いて嬉しそうだ。

瑛太は長く息を吐いて、そんな二人を見つめていた。

終

数日後、瑛太は明石の家にアシスタントに出向いた。いつもと同じように、一週間前に片づけた部屋はめちゃくちゃになっている。

瑛太はゆずに手伝わせて床に落ちているゴミ拾いから始めた。

丸まっているティッシュや食べ物の容器を拾っているとき、畳の中をすいっと横切る青い影に気づいた。

（また雑鬼か？）

それはしばらくすると瑛太の手元に戻ってきた。流線形の、きれいな姿をした魚の影だ。

「明石先生、これは――」

瑛太が声をかけると、原稿に向かっていた明石は椅子を回して振り向いた。

「ああ、それ、雲外堂からついてきたようなんですよ。ほら、石の中にいた魚です」

「そのおさかななあ、ゆずでもとれんのよ」

ゆずが不満そうに言う。

「たたみ、掘ってもとれんし、かべに爪たててもだめなんよ。食べられんのならつまらんよぉ」

魚はすうっと畳の中を泳ぎ、明石の座る椅子の足を昇った。そのまま明石の半纏の中に潜り込む。

「ほっといて平気なんですか？」

「ああ、大丈夫。泳ぎ回るだけで悪さはしないよ、ほら」

明石は半纏の中から白い腕を出した。するとその腕に魚の影がくるりと回る。

瑛太は近づいて明石の腕を見た。

魚は手首を飾るように一周すると、手の甲で反転してまた上へ昇る。見ていると明石の首を通って、顎から頬へと移動した。そして髪の中へ消える。

「僕の体が気に入ったみたいでしょっちゅう入ってくるんだ。ほら」

明石はぐいっと自分のスウェットの襟元をひっぱった。首から降りた魚が胸の方へ泳いでいくのが見えた。

白い胸にちらりと青い尾びれがひるがえる。

瑛太は顔を離した。

「卵とか生まないですよね」

「それは――どうだろう、わからないねえ」

「たくさん増えたらこの部屋が水槽みたいになりますね」

「それは楽しいかな、うざいかな」

「どうでしょう」

瑛太は笑った。明石も微笑み返す。

「なー、あかしせんせ、ゆず、ほんまもんのさかな食べたいー」

ゆずがわめく。

「わかりました。今夜は篠崎くんに焼き魚弁当を買ってきてもらいますよ」

「わーい、おさかな、おさかなー」

「よし、やるぞ」

瑛太はゴミ袋の口を縛り、キッチンに置いた。今日も〆切まであと数時間。朝のゴールに向かって眠気覚ましのコーヒーをいれるべく、瑛太はコンロの火をつけた。

了

第四話

ホーム・スイート・ホーム

序

その日は朝から気温も高く空も青く風もなく、つまり冬にしてはかなり暖かだったので、ゆずは大喜びで外に遊びにでかけた。今は人間の姿に化けているが、頭の上の小さな三角の耳は隠せないので、明石が買ってくれたニットの帽子をかぶっている。

「あー、ええ匂いがするんよー」

どこからかさわやかな香りが漂ってくる。ニオイヒイラギの白い花の香りだ。ゆずは鼻先を空に向けてくんくんと嗅いだ。

「こっちからするねー」

道路を渡り、路地に入り、他人の庭に潜り込み、塀の上に登る。人間の姿のままでも身軽に屋根までジャンプできた。

黒く光る瓦屋根の上で日差しを浴びていたが、下の方がなにか騒がしくなって身を起こした。すると、地上で人間たちがこちらを見て指さしている。何人かが口に手を当てて叫んでいる。「おりろ」とか「あぶない」とか言っているようだ。

「あー、しもうたわい」

明石から目立つことをするなと言われていた。ゆずは立ち上がるとさっと反対側の屋根に走った。地上の騒ぎが大きくなる。

ひょいひょいと屋根から塀に移動し、その場を離れる。人に見つからないように、家と家の隙間を走った。

「あ、あのええ匂いや」

くんくんと花の香りを追って垣根をくぐると、茶色く枯れた芝生の庭に出た。落ち葉だらけの庭の一角に、柊が白い花をつけている。

「この匂いやったんやな」

ゆずは茂みに近づき花の香りを胸いっぱいに吸い込んだ。

「ここ、空き家なんかな?」

庭に直接降りられる大きな窓があるが、それはほこりでくすんでいる。そのうえカーテンがぴったりと閉まっているので中を窺うことはできない。

ものほし台は横に倒れ、三輪車は赤く錆び、鉢植えも割れたまま放置されている。人の住んでいる気配はない。

「お庭、ふかふかで気持ちえーなー」

芝は枯れてはいるがゆずの体をそっと支えてくれる。ゆずは庭の真ん中で、手足を投げ出してひっくりかえった。

「おひさま、あったかー、ええ気持ちゃー」

時折スズメの声がするだけの静かな庭。ゆずは目を閉じ、柊の香りを身にまとって眠りについた。

一

「ねえ、おきて。ねえ、あそぼう」

体を揺すられてゆずは目を覚ました。すぐそばにゆずと同じ年くらいの男の子がしゃがみこんでいる。

「ねえ、なんでうちのおにわでねんねしてるの？」

「うちのおにわー？」

ゆずはあわてて体を起こした。茶色く枯れた芝生の上で寝ていると思ったが、あたりは明るい緑の芝だ。ほこりでくすんでいたガラスはピカピカに輝き、薄いレースのカーテンが揺れている。

「あれえ？　ここ空き家やったんやない？」

「あきやってなに？」

「空き家は——人のおらんうちよ」

「おうち、たくちゃんとママとパパがいるよー？」

男の子は立ち上がると家の方を見て声をあげた。

「ママー、ママー」

「はぁい」

レースのカーテンを開けて若い女性が出てくる。

「あらあ、たくや、お友達かしら」

たくや、と呼ばれた男の子はゆずに向かって笑いかけた。

「ねえ、あそぼう」

「ゆずは子供となんて遊ばんのよ」

ゆずは周りを見回した。鉢植えには黄色いチューリップが咲いていて、その横には真新しい三輪車が置いてある。

「あれえ？」

「ねえねえ、ボールであそぶ？」

「遊ばんとよ、なあ、聞いとる？」

「ボールなげるよー」

たくやはえいっとゆずにバレーボールほどの大きさの青いゴムのボールを投げた。そのとたん、ゆずはぴょんと飛び上がってボールに飛びつく。

「ああっ、遊ばんゆーとるのに体が勝手にー」

たくやがゆずの手からボールを取ってまた転がす。ゆずはそれを追いかけた。たくやもきゃーっと笑って追いかける。

「もー、子供はきらいやしー」

そう言いながらもゆずは緑の芝生の上でたくやと転げ回る。

「あらあら、二人とも葉っぱだらけよ」

ママが窓からサンダルをつっかけて出てきた。ゆずとたくやの間にしゃがんで、二人の頭を撫でる。

「坊や、お名前は?」

「ゆずよ」

「そう、ゆずちゃん。うちのたくやと仲良くしてくれる?」

「ゆずは子供やないんよー」

ゆずは不満そうに唇を突き出した。

「あらまあ、ゆずちゃんはおいくつ?」

「ゆずはもうずっとずっとナガイキしとるよ」

ママが笑いだした。明るい日差しの下の、陽気できれいな笑い顔。

「そうなの？　ゆずちゃん、たくやは今よっつなのよ、お友達になってね」

「だからー、ゆずは子供やないんよー」

「ゆずちゃん、あそぼー」

たくやがゆずの手を引っ張った。

「話、きーとるん？　あんなー……」

不意に日差しが陰った。太陽がなにかにさえぎられた、と思ったら、それは大きな男の体だった。

「あ、パパー」

たくやが振り向いてスーツ姿の男の足にしがみつく。まるで相撲取りのように、縦にも横にも大きな男だった。

「おかえりなさーい」

男はたくやの頭に大きく分厚い手を置いた。男の表情は影になっているせいだけじゃなく、よくわからない。しかし感情は窺えた。

彼は怒っている。ビリビリと、空気が痺れるほどの怒りが伝わり、ゆずはゆっくりと後ろに下がった。

「おまえ、なんだ」

男が地を這うような低い声で言った。

「この庭でなにをしている。出て行け」

ぶるぶるっとゆずは体を震わせた。声だけで気圧《けお》される。まるで物理的に頭から押しつぶされているような。

「おまえこそ、なんや」

それでもゆずは精一杯虚勢を張って顔をあげた。

「ネクタイ締めて背広着て、人間みたいなふりして、そやけどおまえ、人間やないやろ」

「だまれ！」

「パパ！」

たくやが男の腕を引っ張る。

「だめよー、ゆずちゃんはたくちゃんのおともだちなのよ」

「出て行け！　二度と来るな！」

男が両腕をあげた。その体がぐうっと大きくなる。ゆずは全身の毛を逆立て、飛び上がって、垣根の下に逃げ込んだ。

「ゆずちゃーん！」

たくやの声がする。

「ゆずちゃん、またきてね！　またあそぼうね！」
ゆずは後ろを振り返りもせず、一目散に走り去った。

二

その不審な訪問者がやって来たのは夜中の一二時過ぎだった。原稿のベタがすべて入り、瑛太はトーンワークを始めるところだった。ゆずは壁に逃げた蛸《たこ》のような雑鬼を追いかけていて、明石は最後の修正にとりかかっていた。

ドンドン、とドアがノックされたとき、瑛太は反射的に時計を見て、それから明石の後ろ姿を見た。綿入れ半纏を羽織った丸い背中は動かない。

「こんな時間に常識のある人間は訪ねてきません。無視してください」

後ろに目でもついているのか、明石は瑛太がなにか言う前に答えた。

ドンドンドン、とノックの音が大きくなる。ドアがミシミシ言うほどの強さだった。

「……このままだとドアが壊されるかもしれません。近所迷惑にもなります」

瑛太の言葉に明石は大きなため息をついた。苛立たしげに前髪を指でかき上げる。

「今、忙しいんだがなあ」

「俺が出ます」

瑛太は立ち上がると玄関の前で腰に手を当てた。

「どなたですか」

「……ここに子供がいるだろう」

低い、地面の下を通っているようなくぐもった声だ。瑛太は思わず部屋を振り返りゆずを探した。ゆずは目を大きく見開いてこちらを見ている。

「――子供なんかいない」

「……子供がいるだろう、ゆず、という名前だ」

「君の知り合いですか、ゆずくん」

明石が原稿の手を止め、肩ごしにゆずを振り向いた。ゆずはしぶしぶといった様子でうなずく。

「知り合いやないんよ。やけど、今日行ったおうちにいたやつや」

「……遊びに来てほしい」

ドアの外の声がためらいがちに言う。

「……たくやがおまえと遊びたいと泣いている。遊びに来い」

「昼間は追ん出したくせに！」

ゆずはドアに向かって言った。

「……もう追い出さない。遊びに来てくれ」

「うー……」

「来い！」

ドォンと大きな音でドアが殴られた。ゆずはにゃっと叫ぶと明石の足元に逃げる。

「そんな脅すようなことをするもののところに、うちのゆずは行かせられない」

瑛太はドアを睨んできっぱりと言った。ドアの向こうでなにか大きなものが動いている気配がある。

「……謝る。頼む。来てくれ……」

声がしおらしくなった。ゆずは明石の足の間から顔を出し、ドアを見つめている。明石は腕を伸ばしてゆずのふわふわした頭を撫でた。

「君は行きたいんですか、ゆずくん」

「たくやと遊ぶのは……いややないけん」

ゆずは明石のスウェットの膝に額を擦りつけた。

「ドアが壊されてはたまりませんしね。ゆずくんに危険がなく、保護者同伴でいいなら行かせてもいいですよ」

「……遊びに来てくれ、待ってる。必ず」

その言葉を最後に、ずるずると大きなものが外階段を移動していく音がして訪問者は去った。

「今のは……妖怪ですか、先生」

ドアに耳を押しつけ、音が完全にしなくなったのを確認して、瑛太は室内に戻った。

「たぶん、そうだろうね」

「なんの妖怪だったんでしょう」

明石は首を横に振った。

「僕にもわからないねえ。でも長く生きているものだということはわかったよ」

「ゆずを行かせて危険はないでしょうか？」

明石はゆずをひょいと抱えあげ、毛玉だらけのスウェットの膝に乗せた。

「本当に行くんですか？　ゆずくん」

「うん……」

ゆずは明石の胸の毛玉をちょいちょいと爪の先でとった。

「ハナヨがおらんくなってからゆずとボール遊びしてくれたのはたくやだけやし……」

「わかりました。明日一緒に行きましょう」

「あんがと、あかしせんせ」

ゆずは嬉しそうに笑うと明石の膝から飛び下りて、畳の上を転げていた雑鬼を捕まえた。

翌朝、バイク便に原稿を渡した明石は、「ゆずくんの友達の家に行きましょう」と瑛太を誘った。

「たくやのうちはー、ひいらぎのええ香りがするんよ」

明石と瑛太の両方の手をとってゆずが言う。

今日も空は快晴で日差しが暖かい。しかし寒がりの明石はセーターの上にいつもの二重回しを羽織り、ハンチングをかぶって長いマフラーを巻いていた。

「お庭は芝生でねー、お日様がぽかぽか当たるんよ。チューリップも咲いとった」

「チューリップ？」

明石が眉を寄せる。周囲を見回せばどこの庭も葉を落とした木々ばかり。いきいきと緑の葉を見せるのは椿にさざんか、松の木くらいだ。

「この時期にですか？　ゆずくん、騙されていますね」

「だまされとるん？」

「その庭に悪意は感じましたか？」

ゆずは首を振る。

「たくやもママさんも楽しそうやったよ。あったかくて優しくて、いいお庭やった」

ゆずは十字路できょろきょろし、路地を走って、家と家の隙間を通り抜けた。四つん這いになってさざんかの垣根を越えると、茶色く枯れた芝生の庭に出る。

「ここよ」

明石も垣根をくぐり、マントについた葉っぱを落とした。すすき色の髪が色のない庭の中で巻きあがる。

「……チューリップ、咲いとらんなあ」

鉢植えは割れたままだ。昨日は新品のように輝いていた三輪車も、錆でぼろぼろになり倒れている。

「これは……無人ですね」

「そうだね」

瑛太はカーテンの閉まった窓に顔を寄せてみたが、中は窺えない。

「やっぱりゆずは騙されているんだよ」

瑛太はそう言ったが、ゆずは芝生の上にしゃがみこんだ。

「ゆず、すこし待ってみる」

「待つって……」

「こないだもここで眠ってしもうて目が覚めたらたくやがおったん。やけん今日も眠ってみるわ」

明石が見せたのは一枚の名刺だ。「雲外堂」と名前が入っている。

「ありがとう、それからここにその写真を送ることができますか？」

瑛太はゆずを膝からどかすと、立ち上がって家の写真を数枚撮った。

「そうです」

「この家のですか？」

「わかりました。その代わり篠崎くんのスマホでここの写真を撮ってもらえますか？」

明石は帽子を押さえて家を見上げた。

「うーん」

「先生は帰っていてください。俺がちゃんとついてますから」

ゆずは瑛太が伸ばした膝の上に頭を乗せた。

「うん、丸まっとるとあったかいよ」

「徹夜明けで眠いし、ここは暖かで寝心地がよさそうだ」

瑛太はゆずの横に腰を下ろした。

「じゃあ俺も一緒にいるよ」

ゆずは枯れた芝生を掴んで動かないという意思表示をしている。

「たくやは危なくないんよ」

「危険じゃないのか」

「これって、胡洞さんの名刺ですか?」

「うん、胡洞にこの家を見てもらおうと思ってね」

そういえば胡洞の本性は雲外鏡という鏡の妖怪だと言う。しかし見てもらうというのは一体……。

「雲外鏡というのは過去や未来を見ることができる鏡なんだ。胡洞ならこの家について調べられると思う」

瑛太の疑問に明石はさっくりと答えてくれた。

「わかりました」

名刺にはメールアドレスが入っていたのでそれを見ながら入力する。明石はスマホもパソコンも使わないが、胡洞はデジタルに強いのだろうか。

「じゃあ僕は胡洞と連絡をとってみるね」

明石は手をあげて垣根の下をくぐっていった。瑛太はゆずの温かな体を抱くと、ごろりと芝の上に横になった。

「さあて、鬼が出るか蛇が出るか」

「安心しい。ゆずがえーたを守ってやるけんね」

「うん、期待してる」

瑛太は目を閉じた。日差しがぽかぽかと音をたてるように顔や体にあたって気持ちいい。

芝はいい匂いだし、鳥の声は嬉しそうだし、ほんとうにいい昼寝場所だ。腹の上ではすでに眠ってしまったゆずの穏やかな寝息が聞こえる。

瑛太は大きなあくびをひとつして、意識を手放した。

三

「ねえねえ」

子供の声が聞こえた。

「おきてよ、おにいちゃん、ゆずちゃん」

体をゆすられ目を開けると、小さな男の子が覗き込んでいた。

「あれ？」

「あ、ママおっきしたよー」

男の子はぱっと立ち上がると走っていった。瑛太は上半身を起こし、あたりを見回した。

風景が変わっている、枯れた木々は緑の葉を繁らせ、赤や黄色のチューリップが花壇を彩っていた。芝生も緑だし、大きな窓も開いてレースのカーテンが揺れている。その窓辺に若い母親が子供と一緒に座っていた。

「あ、す、すいません。ついうっかり」

言いながら立ち上がり、瑛太は周りを見回した。

あの家だ。けれど寝る前に見ていたような寂しげな風情ではない。カーテンの向こうに見えるリビングにはテーブルと椅子があり、きれいなラグも敷かれていた。

「こんにちは。ゆずちゃんのお兄さんかしら」

母親がにこにこしながら言う。

「ゆずちゃーん」

「たくやー」

ゆずとたくやは両手をつないで輪をつくり、ぴょんぴょん跳ね回っていた。

「あ、えっと、俺……篠崎といいます。篠崎瑛太です」

「そう、篠崎さん。わたしは桝田《ますだ》です。あれは息子の卓也」

「桝田さん……」

「はい」

しまった、庭から入ったので玄関の表札を確認していなかった。もっとも先ほどの様子では表札はなかったかもしれないが。

「すいません、勝手に庭にお邪魔して」

「いいのよ、暖かくて気持ちいいですものね」

桝田夫人はティーセットを載せたトレイを持って窓から庭に降りた。

「よかったらお茶をどうぞ。ケーキも作ったのよ」

緑の芝生の上に白いガーデンテーブルが出ている。母親はそこにポットとティーカップとケーキの皿を並べた。

「卓也、ゆずちゃんもどうぞ」

「わーい」

卓也はゆずの手をひっぱった。

「いこう、ママのケーキ、おいしいんだよ！」

瑛太はうながされてテーブルについた。湯気のあがる紅茶に真っ白なホイップクリームの乗ったシフォンケーキ。

（これは夢なのか？　化かされているのか？）

「ケーキ、どうぞ」

桝田夫人が邪気のない笑顔で勧めてくる。瑛太はフォークをとって一切れとり、それを口に運ぼうとした。だが、その途中でゆずがフォークを奪い取る。

「これ、ゆずがたべるのー！」

ゆずはフォークの先のケーキをぱくんと口に入れ、「おいしー！」と叫んだ。

「ママさんのケーキ、おいしいなー」

「あらあらゆずちゃん。ゆずちゃんのもちゃんとあるわよ」

「ゆず、もっとたべるー！」

ゆずはそう言うと、手を使って瑛太のケーキをわしづかんだ。

「お、おい、ゆず。行儀が悪いぞ」

「おいしー、おいしーなー！」

ゆずはあっという間に瑛太のケーキを食べると、自分の皿のケーキも口にいれた。

「しょうがないなあ」

瑛太は呆れてティーカップに手を伸ばそうとした。そこへゆずが手を差し出し、カップを突き飛ばす。カップは芝生の上に飛んで割れてしまった。

「かんにん、手がすべってしもうたー」

「ゆず！」

さすがに瑛太が怒鳴ると、ゆずは椅子から降り、卓也の手をとった。

「たくちゃん、あそぼー」

「うん！」

卓也とゆずはボールを投げたり、それを追いかけたりして声を上げて笑っていた。

「ほんとにすみません」

瑛太はゆずの不作法を謝った。

「……卓也があんなに嬉しそうなのは久しぶり」

桝田夫人は芝生の上で割れたカップのかけらを拾い集めながら言った。瑛太もしゃがんで手伝う。

「そうなんですか」

「あなたはどうしてここに？」

夫人が首をかしげる。栗色に染めた髪が肩先で揺れ、いい香りが鼻をくすぐった。

「えっと、昨日の夜、ご主人に遊びに来てくれと誘われまして」

「あらまあ、パパったら」

「……ご主人ってどういう方なんですか？」

母親は瑛太に微笑んだ。

「優しい人よ。前は仕事が忙しくてなかなか家にも帰ってこなかったけど、最近は家族をとても大切にしてくれるの」

（妖怪、ではないのだろうか？）

「無口で不器用だけど、わたしと卓也のことを第一に考えてくれて……とても頼りになる人」

足元にボールが転がってきた。瑛太がそれを拾い上げると、卓也とゆずが駆けてくる。

二人とも輝くような笑顔だ。

「卓也くん、パパが好き?」

瑛太は卓也にボールを渡しながら聞いた。

「だいすきー！　パパ、いっしょにあそんでくれるの！　いっしょにねんねするし、ごはんも、ね」

「そうね、昔は晩ご飯に間に合わなかったものね」

母親が卓也の頭を撫でた。

「たくちゃん、パパだーいすき！」

卓也はボールを投げ、ゆずと一緒に追いかける。芝生の上ではしゃぎまわる二人を見ていた瑛太は、あることに気づき、愕然とした。

芝生の上には卓也の影がない。

走るゆずの足元に黒く濃い影ができている。だが、卓也にはなかった。

はっとして椅子に座る母親の足元を見たが、椅子の影はあっても母親の影はなかった。

(これは……)

「卓也、とっても楽しそう」

母親が嬉しそうに笑う。

「また遊びに来てくださいね、篠崎さん」

「……はい」

ギクリ、と瑛太は体をこわばらせた。

庭の隅に父親の姿を見たからだ。大きく分厚い体をして、顔は木の陰になっていて四角い輪郭くらいしかわからない。しかし、じっと見られていることはわかった。その視線は決して好意的ではない。まるで殺意を抱いているような、そんな不穏な視線だった。


「戻りました」

瑛太はゆずを連れて明石のアパートに帰って来た。ゆずは帰り道の途中から口数が少なくなり、足どりも鈍かった。

「おかえり」

明石は椅子に座ったまま出迎えてくれた。

「あの家、やっぱり変ですね。目を覚ましたら芝生は緑だし、庭の季節は春でした」

ゆずは家についても無言で、靴を脱ぐのも大儀そうだった。

「でも垣根を抜けてからもう一度戻ると、やっぱり空き家に戻ってました。庭も荒れ果ててて。なあ、ゆず？」

ゆずは黙っている。

「あと気になったのが家にいた母子なんです。母親も子供も明るくて優しくて……でもあの二人、影がなかったんです」

「影が？」

「はい、まるでそこに存在していないみたいな。それともあの母子も妖怪なんでしょうか」

カタンと軽い音がして、見るとゆずが床に倒れ、丸まっている。

「どうしたんだ、ゆず」

「お、おなかいたい……」

「えっ？」

「おなかいたい……あかしせんせ、おなかいたいんよー」

ゆずの背中がびくびくっと痙攣《けいれん》を起こした。ケッケッとのどから異音がして、体をつっぱらせたかと思うと、ゴボッとその口から黒っぽいものがあふれ出た。

「ゆず！」

ゆずは体を激しく震わせ、嘔吐を続けた。驚いたことに、出てきたのは石や泥水、木の枝や枯れ葉だ。

明石はそれを見ると厳しい調子で言った。

「ゆずくん、そこで出されたものを口にしましたね」

瑛太ははっとした。あのとき、母親が用意したお茶やケーキを、ゆずが自分の分まで食べてしまったのは――。

「ゆず、おまえ、知ってて食べたのか！」

ゆずは薄く目を開け、瑛太を見上げた。

「……やって、ママさんもたくやも……きっと悪気はないんよ。二人とも知らんで出しとんの、……食べんとわるいもん」

そこまで言ってまたゴボリ、と泥水を吐き出す。

「だからって俺の分まで……」

「えーたはゆずが守る、ゆーたろ」

ゆずは片手で口元をぬぐって笑った。

「……ゆず」

瑛太はゆずの顔の汚れを拭きとった。明石がコップに水をくみ、ゆずの口元に当てる。ゆずはちょっと飲んではまた吐いた。

「あかしせんせ、かんにん。おうち汚してしもうて」

「こんなものは拭けばきれいになりますよ」

明石はゆずの背中を優しく撫でて言った。

「気にしないで。おなかの中のもの、全部出してしまいなさい」

　ゆずはそのあとも何度も石や枯れ葉を吐いた。明石も瑛太もせっせとその吐瀉物《としゃぶつ》を片づけていたが、何度目かにゆずが少し変わったものを吐いた。

「これは……」

　明石は泥にまみれたそれを拾い上げ、ティッシュで拭き取る。

「ゆず……大丈夫か？」

　瑛太は吐ききってぶるぶる震えるゆずに毛布をかけてやる。ゆずはぐったりと目を閉じ、浅い呼吸をしている。

「先生、ゆずは大丈夫でしょうか？　病院に連れていかなくてもいいんですか？」

「どこの病院に連れていくんですか」

「動物病院とか……」

「……ゆずは一応猫又やけん……やめて」

　膝の上でゆずが抗議する。

「悪いものを食べただけですから一晩ゆっくり休めば大丈夫ですよ」

「はい……」

　妖怪については明石に任せるしかない。

「明石先生、あの家はいったい……」

「メールで送った写真を見て、胡洞があの家に関する情報をくれましたよ」

明石は瑛太に一枚の紙を差し出した。

「あの家は——凶宅です」

四

翌日、明石と瑛太、それにどうしても付いていくと言い張ったゆずの三人は、再び柊の咲く空き家に来ていた。今日は日が陰り、冷たい東の風が吹いている。瑛太はゆずを毛布でくるんで胸に抱いていた。

今日は、昨日のような獣道は通らず、普通の道路を通り家についた。玄関の表札はまだ残っていて、名前は桝田。門扉にはかんぬきがかけられていたが、瑛太が持っていた工具でネジを外すとあっさりと開いた。玄関には入らず、壁に沿って進むと昨日の庭に出る。

明石は枯れた芝生の上をサクサクと歩いた。

「出てきてください。話があります」

何度か往復するうちに、突然、庭の真ん中に大きな姿が現れた。

スーツを着てネクタイは締めているが、履いている靴が左右違ったり、シャツの襟が背広の上に出ていたり、ボタンが掛け違っていたりと、微妙に着崩れている。

「あなたは誰ですか」

明石はうつむいている男の顔の下にいき、その顎に手をかけた。されるがままの男の顔は、これといった特徴がなく、五秒後には忘れているだろうと思われた。

「よく化けていますが、人間じゃないことはわかりますよ」

「オレは……ノヅチ、だ」

「ノヅチ？」

聞き慣れない名称に瑛太が繰り返す。

「ノヅチは土地の気がこごって生まれた妖怪です」

明石が解説し、ノヅチを見上げる。

「時々人を転ばせたりしますが、基本的には小動物を食べるだけのおとなしい妖怪です――だったはずです。なのになぜ人間の魂を弄《もてあそ》んでいるんですか」

「弄んでなんか……いない」

ノヅチは体を揺らして言った。

「弄んでいるでしょう。これを見なさい」

明石はノヅチの鼻先に紙をつきつけた。それはファックスで送られてきた新聞記事だ。

そこには三年前、この家――桝田家で起きた悲劇が記載されていた。

桝田家の主人が自分の妻・真紀子と子供・卓也を殺して庭に埋めたという殺人事件だ。父親はすでに捕まり収監されている。

「あなたは父親のふりをして、殺された母子の霊をここに閉じ込めているのではありませんか」

「違う……」

「違いません。人間の魂は還るべきところに還さねばなりません。殺された奥さんも子供も、君の玩具《おもちゃ》じゃないんですよ」

「違う……！」

ドオッと地面が揺れた。ノヅチは拳を握り、体を震わせている。

「オレは……ずっとこの土地にいた。あとから人間がやってきた。土地は切り売りされ、家が建ち、人が棲み……オレはどんどん隅っこへ追いやられた。オレはもう……棲む場所も無くなり消えるのを待つだけだった。それでいいと思っていた。オレは長いこと生きた……仲間もおらず、ひとりきりで……もう、充分だと思っていた」

ノヅチは両手を広げ、庭全体を指し示した。

「この場所で、オレはぼんやりと時間を過ごした。家が建ち、庭が作られるのを見ていた。あの窓を開けてまきこが出てくるまで……」

ノヅチの視線の先にほこりでくすんだ窓がある。

「まきこは庭に種を蒔《ま》き、苗を植え、木々に話しかけた。夫が帰って来ない日にはしゃがみこんで花を見つめていた。まきこは言った、ここの土はいい土だと。土の匂いを嗅ぎ、優しく撫でてくれた……」

その時のことを思い出しているのか、表情のないノヅチの顔にうっとりとした色が浮かんだ。

「驚いた。人間のそんな優しい手を初めて知った。オレはまきこにもっと褒めてもらいたくて花をたくさん咲かせた、木々を成長させた……まきこはそんな庭を見て笑う。もっと……笑ってほしい、もっとオレに話しかけてほしい……オレは一人じゃない……」

声を震わせるノヅチを、明石はどこか痛みでも感じているかのような表情で見つめた。

「ノヅチ、あなたは――」

「まきこに子供が生まれた」

ノヅチの顔に笑みが浮かぶ。

「たくやだ。かわいい子供だ。オレの庭で遊んだ、小さな手でオレの土をいじって笑った。たくやが笑ってまきこが笑って……春に草の芽が地面を押し上げるように、オレの中からもなにかが湧《わ》いてくるようだった……恵みの雨をいっぱいに受けて、土がふかふかと呼吸するように……雪の朝にあたためられた地面から地霧がゆらゆらと立ち上るように……」

「あなたは……二人を愛したんですね」

明石の言葉にノヅチは自分の胸を押さえた。

「愛……愛……？　わからない……オレは彼らといたいと思った。今まで一人だったけれど、人を見守り、共に生きていくのもいいものだと思った……彼らが大切だった」

ノヅチは不意に声を落とし、両手で顔を覆った。

「……なのに、あの、おとこ、が……」

夜中に悲鳴があがった。真紀子の声だ。ノヅチは地面から起き上がり、家の周囲をぐるぐるとまわった。妖怪であるノヅチは人間が土地の神と契約して建てた家の中には入れない。ノヅチは家に触れ、跳ね返され、ただ庭でのたうち回るしかなかった。

その間にも真紀子の悲鳴は続いた。そして卓也の泣き声、なにかが倒れる音、壊れる音、それから血の匂い――

窓が開いた。真紀子のほっそりとした優しい姿はなかった。男が布団袋にいれたなにかをひきずり下ろし、庭に乱暴にスコップを突きいれた。

「オレの庭に……オレの土に……オレの中に……まきこが……まきこの血が、肉が、骨が

あああっ」

ドサリ、とノヅチは地面に膝をつく。何度も何度も両手で土を叩いた。

「オレはなにもできなかった。まきこもたくやも守れなかった。二人とも死にたくはなかったんだ、苦しいと、悲しいと言っていた……オレは……二人を悲しませたくなかった

……」

「それで夫のふりをして、幸せな日々を繰り返していたんですね」

明石の言葉にノヅチはかっと目を見開いて叫んだ。

「オレは……二人と一緒にいたい……それだけだ……！」

「あかんよ！」

瑛太の腕の中でゆずが叫んだ。

「ゆずやって、ハナヨと一緒におりたかった。でもハナヨは死んだから、だから家におっちゃあかんのよ。心を残しちゃあかんのよ。成仏して、またいつか還って来るのを待つんよ」

「いやだ……いやだ……」

ノヅチは顔を覆った。

「ひとりぼっちはもういやだ……たくやとまきこはオレの家族だ……オレの大切な家族なんだ」

「ゆずにはわかるよ、わかるんよ。でも大切やからこそ、魂は自由にしてあげんとあかん。たくやをずっとこの庭に閉じ込めとくん？　たくやはおっきくなれんの？」

「うるさい――うるさい――！」

再び地面が揺れる。さっきより大きな揺れで、瑛太は立っていられず地面に膝をついた。

柊の茂みが激しく揺れ、窓ガラスにビシリとひびが入る。

「ノッチ——止めなさい」

明石はこんな揺れの中でも平然と立っている。

「卓也くんがゆずくんを見つけた。それはもう、君の手の中から彼が飛び立ちたいと思ったからじゃないんですか？　二人が還るときが近づいているからじゃないんですか？」

「うるさい——ちがう——だめだ——ふたりは、オレの、だ」

どおん！　と地面から土が水のように噴き上がった。枯れた木が、茂みが、バキバキと音をたてながら崩れ落ちる。ひびの入った窓から、銃弾のようにガラスが飛び出し、三人を襲った。

「あぶない！」

明石がマントを広げてうずくまる瑛太とゆずをかばった。バシバシッとマントにガラスの破片の当たる音が響く。

「先生！」

「僕は大丈……」

「力を貸してください、あいつを止めなきゃ！」

「……心配してくれたんじゃないの？」

明石はちょっと不満そうな顔をしたが、すぐに首を横に振った。

「だめです、人間はノヅチにはかなわない」

「あいつの気持ちはわかる。だけどこのままじゃ周囲に被害が出る。止めなくちゃ」

必死な顔の瑛太を見て、明石は苦笑した。

「篠崎くんの熱血は、しょうがないですねえ」

明石は手を伸ばして瑛太の肩に触れる。そのとたん、かっと体が燃え上がった。

「ノヅチ！　やめろっ！」

瑛太は一息で明石の体を飛び越えると、天を仰いで立ち尽くすノヅチへと飛んだ。その四角い顔に渾身の力で拳をいれる。

ぐしゃり、と。

ノヅチの頬が砕けた。顔が土くれとなって砕け散る。

「これは――――」

瑛太は自分の拳を見た。そこには泥がついているだけだ。

「ノヅチは地の精です。その体はほとんど土と言っていい。だからかなわないと言ったんですよ」

明石が背後から役に立たない情報をくれる。

「くそっ！」

胸に、腹にパンチを入れる。だが穴が開き、えぐり取られても、ノヅチは立ったままだった。

　太い腕が伸び、瑛太の上半身を捕まえる。宙に持ち上げられた瑛太は、両足でノヅチの腹を思い切り蹴った。ドンッと腹に大きな穴が開き、さすがにノヅチはよろめいた。

「えーた！」

　猫の姿になったゆずがノヅチに飛び掛かる。大きな肩の上に乗り、瑛太を捕まえている腕をものすごい勢いで掘り出した。

「ゆず！」

　ノヅチの片腕がちぎれる。瑛太は自由になった腕で、自分を押さえているノヅチのもう片方の腕を何度も殴った。

　ぶつり、と音がして、ノヅチの残った腕もちぎれた。

「オ――――オ――――」

　両腕をもがれ、顔をなくし、腹に穴を開けたノヅチが空に向かって咆哮《ほうこう》する。

「タクヤアアアッ、マキコオオオオ――――」

「だめだ、止まらない！」

　ゆずが瑛太の腕の中に飛び込んできた。灰色の尾もふわふわの顔も今は泥で汚れている。

　ドドドッと庭の土がめくれあがり泥がノヅチの体に吸収される。ノヅチの全身が復元されていった。

「ラチがあきませんね」

明石が瑛太の肩をぽん、と叩いた。

そのとたん、どっと疲れが背中にのしかかり、瑛太は地面に崩れ落ちる。落とさないように抱いていたゆずが、不安げに「にゃー」と声を上げた。

「せ、先生……？」

「こんなこともあろうかと、用意していたものがあるんです」

明石は自慢げに言ってチラッと瑛太を見た。瑛太は明石がなにを持ってきたのかと期待を込めて見返した。が、

「——篠崎くん、ここは〝どこの宇宙戦艦の技術長ですか！〟と言ってくれなきゃ」

「は？」

わけがわからない、という顔をする瑛太に、明石は目を伏せて、「いや、いいんです……」と悲しげに呟いた。しかし次にはきりっと顔をあげ、ノヅチに向かって手を差し出した。

「これがわかりますか、ノヅチ」

明石の人差し指と親指の間に小さく丸い金色の輪《リング》がある。

「ソレ、ハ……」

「昨日、ゆずくんのおなかからでてきたものですよ」

「それ、ハ……ソレハ……ダメ、だ……ダメ……」

「これはあなたの大切なものなんじゃないんですか、真紀子さん」

明石はなにもない空間に向かって言った。ノヅチがはっと後ろを振り向く。そこには卓也を抱いた桝田夫人が——真紀子さんが立っていた。

明石は真紀子に向かって金色の輪《リング》を差し出した。

「あなたの結婚指輪ですね。あなたが最期まで……殺されるまではめていた指輪です」

「わたし……」

真紀子は片手で頭をまさぐった。

「わたし……殺された……？」

「まきこ！　思イ出スナ……思い出さなくてイイ——！」

「わたし……たくや……死んで……？」

「ま、き、こ……！」

ノヅチは妻だった女に手を差し伸べた。

「……あなた」

真紀子も応えるように腕を伸ばす。

「あなたなのね、あなたがずっと……」

「真紀子さん、ノヅチはあなたを助けたかっただけです、俺も最初はあなたたちを閉じ込めているんだと思っていたけど、ノヅチは――」

瑛太は叫んだ。ノヅチは自分の姿を恥じ入るように呻きながらうずくまった。

「オレは……オレ、ハ……ソンナツモリ、ジャ――」

「あなた……」

真紀子と卓也はふわりとノヅチの前に降り立った。

「ずっと……ずっと……わたしたちを守ってくれていたのね……」

「え？」

意外な言葉を聞いたのは、瑛太だけではなかった。ノヅチも顔をあげ、泣きだしそうな真紀子を見上げる。

「幸せだったわ、幸せな思い出しかなかったわ。全部、あなたが見せてくれていたのね。悲しい記憶を上書きするように、わたしたちが思い出さないように」

「マ、キ、コ……」

「ぱぱ……」

卓也も両手を伸ばす。

「パパ、だいすきだよ。まえのパパより、いつもいっしょにいてくれて、あそんでくれて、たくちゃん、パパのことだぁいすき！」

「タク、ヤ……」

ノヅチは泥に変化した腕を伸ばす。真紀子と卓也はその腕の中に飛び込み、大きな体を抱きしめた。

「ありがとう、パパ。でもわたしたち行かなくちゃ」

真紀子は慈愛に満ちた微笑みと、きれいな涙をこぼしながら、泥の固まりとなった夫の頬を撫でる。

「マキコ……」

「パパ、いつかまたあそぼうね」

卓也も父親の手を固く握った。

「タクヤ……だめ、ダ……」

「たくや」

ゆずも瑛太の腕の中で名前を呼んだ。

「ゆずは子供やないけど、たくやのこと友達にしといてやるわ！」

「ゆずちゃん……」

「たくや、また遊ぼうな。ゆず、待っとるけん」

「うん……ゆずちゃんねえ、たくちゃんのはじめてのおともだちなの……またね、またあそぼうね……」

卓也が手を振る。ゆずも手を振り返した。

「ありがとう、さようなら、パパ……あなた……」

「マキコ……タクヤ……いくな、イッチャ……イヤダ……ヤダ……」

ノヅチが太い腕を伸ばす。だが、二人の姿は灰色の庭に、風の中に、溶けるように消えてしまった。

「アアア……」

ノヅチがズシンと膝をつく。両腕が地面をえぐった。

「イヤダ……イヤダ……イッちゃイヤだ……オレノかぞく、オレノたいせつナ……」

「ノヅチ――――」

ゆずが瑛太の腕から降り、そろそろと近づいた。

「ゆずも悲しかったよ、ハナヨと別れて。でもハナヨはきっと戻ってくるんよ。ゆずはそれを待つことにしたん。やけんノヅチも……」

「イヤダアアアッ!」

ノヅチは顔を覆ってのけぞった。

「オレモ……オレモいく……マッテ……マッテテ……いっしょニ――――イッショニ……」

ぼろり、と。

ノヅチの腕が落ちる。

胴の部分にひびが入る。顔がざらざらと崩れてきた。

「ノヅチ！」

「マキコ……タクヤ……」

唇だけでノヅチは微笑んだ。その微笑みも砂になって崩れてゆく。サラサラ、ザラザラ……ノヅチの姿は土くれとなり、灰色の庭にまき散らされた。

「ノヅチ……消えてしもうた……」

ゆずが呆然と呟く。

気がつけば、噴出した土も、倒れた木々もない。ガラス窓も割れてはいなかった。すべて幻覚だったのか。

ただ、芝生の上の土だけがノヅチがいたことを証明していた。

「妖怪が……」

明石が残された土を見つめて言う。

「どうやって死ぬか……知ってるかい？」

瑛太はしゃがんでノヅチだった土に触れた。それは冷たく乾いて、ボロボロと崩れ落ち、細かい砂になっていった。

「棲んでいた場所をなくしたとき……自分より強いものに食われたとき……そして自分の中で収まりきらないほどに強い感情をもったとき……」

「強い、感情……」

パキン、と指先で土が弾ける。風が粒をさらってゆく。

「妖怪にはね、そんな強い感情はいらないんだよ。でも、人間と関わると、どんどん思いが生まれてくる。妖怪に感情を与えることができるのは人間だけ……」

瑛太は明石を見上げた。さっき彼が見せた苦痛に満ちた表情……あれはノヅチの痛みを知り、その感情を慮《おもんぱか》ったものだったのか。

「ノヅチも僕もゆずくんも……そうして感情を得てしまった。妖怪にとっては不幸なことかもしれない。感情は爆弾を抱えるのと一緒だから」

「ノヅチは悲しくて……死んでしまったんでしょうか」

この土の冷たさはノヅチの悲しみの表れなのだろうか。

「――――」

明石はしばらく黙っていた。冷たい風が土を散らしてゆくのをじっと見つめる。

「そうじゃないよ」

やがて明石はきっぱりと言った。

「ノヅチは奥さんと子供を愛して愛して……自分が壊れるくらい愛して死んだんだ。悲しくはない。悲しいはずはないよ……」

風の中に顔をあげ、明石は強い瞳で言う。そう言ってくれて瑛太は嬉しかった。ノヅチが二人の人間に向けた感情が、悲しい結末だけを引き寄せたとは思いたくなかった。

「あかしせんせー」

ゆずが明石のマントを引っ張る。

「ゆずは、不幸とは思わんよ。だって、ゆずはハナヨが大好きやもん。大好きって気持ちは、それは時々悲しかったり寂しかったりするんやけど、でも、うれしいこともあるんよ。うれしくて優しくて楽しいことを思い出せるんよ」

「そうですね」

明石はゆずの頭を撫でた。

「僕もだよ。おもしろい漫画を読むことも、毎度毎度ネームや作画で苦労することも、みんな楽しい。感情が動かされるから、漫画は大好きだ」

そして明石は瑛太を見た。

「人間が教えてくれたこの感情を、僕もずっと持っていたい。体が壊れるくらい強い感情を持つことを、恐れながらも期待している。だから……ノヅチの死は……少しうらやましい気もするよ」

明石に感情を教えた人間がいる。それは明石が正体を明かし、彼を怖がらなかったという人々なのだろうか？

自分は明石の正体を知る四人目だということだが、彼の感情を動かすにたる人間になれるのだろうか……。

いつの間にか、ノヅチの残した土もなくなっていた。ただ風だけが吹いている。

終

やがて冬が終わり、春が来て、またいくつかの季節が巡り、桝田家は取り壊され、庭も埋められた。そして新しい家が建つ。

かつてこの地で惨劇があったことも、ひとりぼっちの妖怪が悲しみで死んだことも知らない家族が暮らし始める。

新しい家に新しい子供が生まれた。子供は、はいはいからよちよち歩きになり、庭で転げまわった。

子供は庭の隅に小さな丸い泥だんごがあることに気づいた。それを両手に持ってじっと見つめていると、だんごの表面に小さな穴が三つ開いた。上の二つはぱちくりして、下の一つは横に広がったり縦に広がったりした。

「だあれ」

子供は首をかしげて泥だんごに声をかけた。

「ノ・ヅ・チ」

泥だんごがざらざらした声で言う。

「いっしょにあしょぶ？」

「——あ・そ・ぶ」

子供は泥だんごを抱えて駆け出した。小さな宝物ができた、大事な友達ができた。

小さな人間の子供と生まれたばかりの妖怪の子供。

別れのときはすぐに来るかもしれないけれど、今は——今だけは、一緒に……。

了

本書は書き下ろしです。

SH-030

漫画家《まんがか》の明石先生《あかしせんせい》は実《じつ》は妖怪《ようかい》でした。

2018年2月25日　　第一刷発行

著者　霜月《しもつき》りつ
発行者　日向晶
編集　株式会社メディアソフト
〒110-0016
東京都台東区台東4-27-5
TEL：03-5688-3510（代表）/ FAX：03-5688-3512
http://www.media-soft.biz/
発行　株式会社三交社
〒110-0016
東京都台東区台東4-20-9　大仙柴田ビル2階
TEL：03-5826-4424 / FAX：03-5826-4425
http://www.sanko-sha.com/
印刷　中央精版印刷株式会社
カバーデザイン　大岡喜直（next door design）
組版　松元千春
編集者　長谷川三希子（株式会社メディアソフト）
福谷優季代（株式会社メディアソフト）

ISBN 978-4-8155-3501-8

SKYHIGH文庫公式サイト　◀著者＆イラストレーターあとがき公開中！
http://skyhigh.media-soft.jp/